AUDITION
Copyright © 2009, Ryū Murakami
Todos os direitos reservados

Tradução para a língua portuguesa
© Lica Hashimoto, 2022
© Juliana Kobayashi, 2022

Diretor Editorial
Christiano Menezes

Diretor Comercial
Chico de Assis

Gerente Comercial
Giselle Leitão

Gerente de Marketing Digital
Mike Ribera

Gerentes Editoriais
Bruno Dorigatti
Marcia Heloisa

Editores
Bruno Dorigatti
Juliana Kobayashi

Capa e Projeto Gráfico
Retina 78

Coord. de Arte
Arthur Moraes

Coord. de Diagramação
Sergio Chaves

Designer Assistente
Guilherme Costa

Finalização
Sandro Tagliamento

Preparação
Retina Conteúdo

Revisão
Mie Ishii

Impressão e Acabamento
Lengraf

DADOS INTERNACIONAIS DE CATALOGAÇÃO NA PUBLICAÇÃO (CIP)
Jéssica de Oliveira Molinari – CRB-8/9852

Murakami, Ryū
 Audição / Ryū Murakami ; tradução de Lica Hashimoto.
— Rio de Janeiro : DarkSide Books, 2022.
 192 p.

 ISBN: 978-65-5598-159-9
 Título original: Ōdishon

 1. Ficção japonesa 2. Suspense
 I. Título II. Hashimoto, Lica

22-1201   CDD 895.6

Índices para catálogo sistemático:
1. Ficção japonesa

[2022]
Todos os direitos desta edição reservados à
DarkSide *Entretenimento LTDA.*
Rua General Roca, 935/504 – Tijuca
20521-071 – Rio de Janeiro – RJ – Brasil
www.darksidebooks.com

オーディション

村上龍

MURAKAMIRYŪ

AUDIÇÃO

Tradução
LICA
HASHIMOTO
com
JULIANA
KOBAYASHI

DARKSIDE

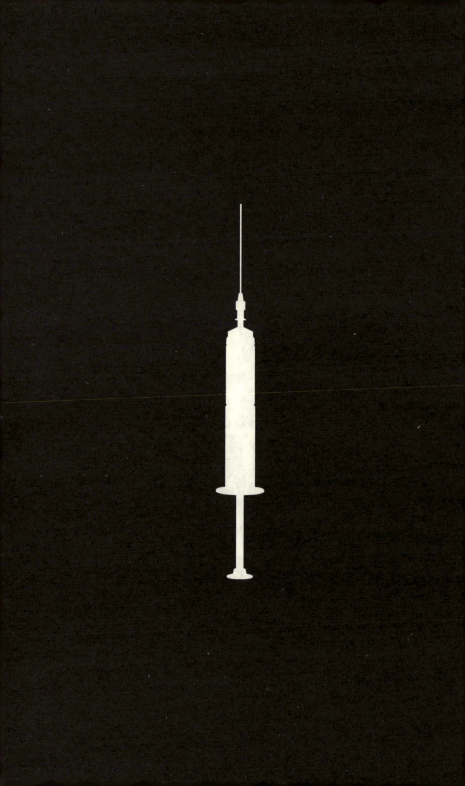

RYŪ MURAKAMI

1

Shigueharu Aoyama tomou a decisão de se casar pela segunda vez, em parte, por sugestão de seu filho Shiguehiko que, certo dia, indagou: "Pai, por que não se casa de novo?".

Ryōko, esposa de Aoyama, falecera havia sete anos, vítima de um câncer viral que a levou abruptamente a óbito. Naquela ocasião, Aoyama estava com 35 anos, e Shiguehiko, oito. Por ela ser jovem, o câncer espalhou-se rápido e, ainda que tenha se submetido a uma cirurgia, veio a falecer cerca de um mês após o diagnóstico da doença. Foi de uma hora para outra.

— Ela não teve tempo de sofrer, nem de ficar triste — Aoyama disse ao amigo à época, em tom de desabafo.

Ryōko era filha única e seu pai era proprietário de uma tradicional fábrica de instrumentos musicais que, apesar de pequena, era uma empresa muito respeitada e de grande prestígio no ramo. De seu pai, amante do clássico e do jazz, ela recebera uma criação rígida e afetuosa. Dona de um rosto de traços elegantes, Ryōko era uma mulher perseverante, de apurado senso estético. Uma esposa dedicada que sempre apoiou o marido com discrição, tanto no âmbito pessoal quanto no profissional. Aoyama sabia muito bem que, sem a sua compreensão e o seu apoio, ele não ousaria pedir demissão de uma grande agência de publicidade, onde trabalhou por mais de dez anos, para realizar o seu grande sonho de abrir a sua própria produtora de vídeos de propaganda e marketing.

Aoyama inaugurou a sua empresa durante a bolha,[1] mas no início, a sua produtora ficou por meses à beira da falência, em decorrência da acirrada competitividade existente no mercado. Quem ajudou a empresa a sair dessa situação foi o pai da Ryōko. Ele fabricava órgãos de tubo, de tamanhos variados, e tinha contato com as igrejas católicas do leste asiático. Foi bem nessa época que as vendas de videocassetes VHS cresceram exponencialmente nos países industrializados emergentes do sudeste asiático e Aoyama produziu um filme explicando passagens da Bíblia de modo simples e bem visual, que vendeu centenas de milhares de cópias.

Ryōko, no entanto, jamais se aproveitou disso para se vangloriar perante Aoyama. Ela realmente era, e sempre foi, uma mulher modesta e discreta. Obviamente, Aoyama sentia gratidão e respeito, mas desde a época de assalariado ele costumava trair descaradamente a esposa. Quando o vídeo sobre Jesus começou a ser vendido mais que água no deserto, ele se engraçou com uma hostess de um clube noturno de Roppongui, a ponto de gastar quantias na ordem de milhões de ienes. Ainda assim, Ryōko manteve o seu comportamento discreto e, sem criar grandes discórdias no lar, concentrou a sua energia na criação e educação de Shiguehiko.

Podemos dizer que todo homem casado já chegou a imaginar o quanto se sentiria livre se a esposa viesse a falecer. Há, inclusive, muitos maridos que contam nos dedos os dias que faltam para a esposa e os filhos viajarem para uma temporada de férias na casa dos avós maternos. Mas quando a esposa vem a falecer de fato, muitos deles não sabem o que fazer. É como se, de repente, tivessem perdido o alicerce de suas vidas, cuja existência nunca haviam notado, e essa constatação inibe quaisquer desejos de fazer algo errado.

Quando Aoyama perdeu Ryōko, um profundo sentimento de apatia e desalento se apoderou dele. Um amigo, médico, diagnosticou esse seu estado como uma fase anterior

---

1   Época de grande euforia e crescimento econômico no Japão entre 1986 e 1991.

à depressão e lhe advertiu: "Você precisa estabelecer metas, caso contrário, vai acabar doente de verdade". Aoyama reagiu definindo duas metas.

A primeira meta foi passar o máximo de tempo com Shiguehiko. O filho também estava em estado de choque, afinal, até então, ele sempre esteve sob os cuidados de Ryōko. Por isso, demorou um tempo para que os dois conseguissem conversar de modo espontâneo. Aoyama comprou bolas e luvas de beisebol para brincar de arremessar e apanhar bola, jogou videogames na TV e assistiu a filmes no cinema com ele. Enfim, tudo que lhe viesse à mente, ele fazia. Mas dentre todas essas atividades, a natação foi a que mais os aproximou, proporcionando-lhes bons momentos de convívio. Shiguehiko, que não era bom nadador, aprendeu com o pai o nado livre e o nado peito. Aoyama ficou sócio de um clube esportivo local e os dois passaram a frequentar a piscina quase que diariamente. Quando Shiguehiko conseguiu nadar cem metros nado livre, seis meses após a morte de Ryōko, Aoyama pôde perceber que ambos estavam conseguindo se recuperar do estado de choque quase na mesma época. Ryōko faleceu no inverno, e agora a estação das chuvas estava prestes a começar. Quando pai e filho saíam do clube e caminhavam até o estacionamento, Shiguehiko apontou para um arbusto de hortênsias e disse: "Olha, que bonito!". As hortênsias de delicada coloração lilás pareciam acarinhar a doce sensação de fadiga que o corpo sente após a natação. "É bonito mesmo", pensou Aoyama. Enquanto se está em estado de choque, as pessoas não reparam nas flores.

A segunda meta foi trazer da Alemanha uma virtuosa instrumentista de órgão de tubos, mundialmente reconhecida. Ela vivia na antiga Alemanha oriental e era famosa por não participar de concertos para fins comerciais. E, ciente do desafio de trazê-la para o Japão, o primeiro passo de Aoyama foi enviar-lhe uma carta. Para escrever a carta, ele viu a necessidade de estudar a história do cristianismo, a vida de Bach e os aspectos culturais da Europa medieval. Começou também a estudar alemão. Concomitantemente, começou a procurar um local para realizar a apresentação, mas assim que ele citava o nome da velha organista, os produtores de eventos limitavam-se a rir com desdém, sem levá-lo a sério. Aoyama não pediu ajuda ao pai de Ryōko nessas tarefas e não lhe revelou o que estava fazendo. Queria fazer tudo sozinho. Durante dois anos, ele enviou várias cartas sem saber se ela as teria lido ou não. Quando finalmente recebeu uma resposta, apesar de ser uma resposta educada recusando o convite para realizar o concerto, Aoyama não conteve as lágrimas de alegria. Depois disso, continuou enviando dezenas de cartas tentando convencê-la de que gravar e registrar a apresentação na qual ela toca um instrumento de alta qualidade era a missão daqueles que tinham fé em Deus. Para falar a verdade, Aoyama não acreditava em Deus, mas o vídeo produzido para as igrejas do leste asiático ajudou e, cinco anos depois de ele ter enviado a primeira carta, a velha instrumentista veio ao Japão para uma única apresentação gratuita no auditório de uma faculdade de música em Mejiro. Aoyama registrou o concerto em filme e em vídeo. O pai de Ryōko — que ficou mais feliz do que qualquer outra pessoa com a realização do concerto — entendeu as intenções de Aoyama. Evidentemente, o concerto era um réquiem a Ryōko e simbolizava o início de uma nova fase na vida de Aoyama.

Shiguehiko, que completara quinze anos, estava mais alto que Aoyama, que tinha um metro e setenta e quatro, e já era muito mais veloz no nado livre e no de peito. Há cerca de dois, três anos, começaram a jogar tênis, mas obviamente a evolução do filho era bem mais rápida do que a do pai. Shiguehiko parecia com a mãe na aparência e no temperamento. Aoyama e o filho até hoje moravam numa casa no bairro de Suguinami, que fora alugada por indicação do pai de Ryōko. Embora fosse alugada, era uma casa magnífica, construída em um lote de 826 metros quadrados. O proprietário era um idoso, compositor de canções populares, que não suportava a ideia de vender a casa para desconhecidos e, atualmente, morava em um condomínio para idosos com serviço de enfermagem completo e com fontes termais, no sopé do monte Fuji. O aluguel mensal de mais de quinhentos mil ienes não era exorbitante na atual situação de Aoyama. O seu escritório ficava num edifício multifuncional na avenida Meiji-dōri, no bairro de Shibuya, e contava com catorze funcionários.

Shiguehiko frequentava uma escola particular de ensino médio na zona oeste de Tóquio. Destacava-se em inglês e biologia e tinha muitos amigos. Foi ele que, na tarde de um domingo de verão, sentado na sala de estar com o pai, que assistia à transmissão ao vivo da maratona feminina, indagou sobre um novo casamento.

Aoyama estava deitado no sofá, bebendo uma lata de cerveja. Da sala de estar, via-se o jardim através da porta de vidro. Por entre as cortinas de renda costuradas por Ryōko há muito tempo, ele avistou Rie, que há quatro anos cuidava dos afazeres domésticos, e Gang, de raça beagle, que latia e corria em volta dela. Rie tinha 49 anos, era simpática, robusta, gostava de canção popular francesa, de viajar e do jogador de beisebol Furuta, do Swallows. Ela foi indicada por uma agência especializada em empregadas domésticas, mas como morava em Musashisakai e se dava bem com Shiguehiko, Aoyama resolveu fechar um contrato de longo prazo.

A maratona feminina tinha começado havia cerca de vinte minutos quando Shiguehiko entrou na sala, sentou-se diante da TV, no sofá do lado oposto, e indagou: "O que está assistindo?".

— Que raro estar em casa! — exclamou Aoyama, levantando-se para acender o cigarro.

— Vou sair mais tarde. Lá fora está um forno! E você, pai, o que deu em você?

Shiguehiko começou a chamá-lo de "pai", em vez de "papai", há cerca de seis meses.

— Como assim?

— Você gostava de maratona?

— Para falar a verdade, detesto.

— Então por que está assistindo?

— Porque tem mulheres correndo.

— Mas não tem nenhuma mulher bonita e são todas magricelas.

— Acho que um dia as mulheres vão superar os homens nas maratonas.

— Por quê?

— É uma questão fisiológica. Tem a ver com o índice de gordura corporal ou algo assim. Quero testemunhar esse dia histórico, mas acho que não vai ser hoje.

— Isso que é ter tempo de sobra!

— Que nada. Às vezes, precisamos ficar de papo para o ar e descansar a mente, não acha?

Os dois ficaram um tempo assistindo à maratona feminina.

— Será que tem alguma atleta do Uzbequistão? — indagou Shiguehiko. — Tem uma garota que eu encontro no trem mais ou menos a cada dois dias que é muito bonita. Outro dia, me enchi de coragem e puxei assunto com ela, e fiquei sabendo que ela é do Uzbequistão, que trabalha em uma confeitaria em Tachikawa e estuda enfermagem. Ela é realmente muito bonita! Na minha escola é até engraçado, só tem baranga. No ginásio até que tinha uma ou outra garota na mesma sala do tipo "Uau!", mas não sei que fim levaram. Aonde será que foram as garotas bonitas?

As câmeras acompanham as atletas japonesas que estão no centro do grupo que segue na dianteira. São duas e ambas têm rosto comum. Um tempo atrás, tinha uma corredora japonesa que Aoyama achava bem bonita. Ela participou dos Jogos Olímpicos, mas ele não se lembrava mais se foi de Barcelona ou de Seul.

— São como besouro-veado ou besouro-rinoceronte — disse Aoyama a Shiguehiko.

— Diferentes dos animais à beira da extinção, como a pantera negra ou o pré-histórico peixe celacanto da ilha de Madagascar, esses besouros não são vistos por aí, mas podemos encontrá-los na raiz de uma árvore nas profundezas da floresta, não é?

— Tem em shopping também, não?

— É bem caro!

— Pois então, cadê as mulheres bonitas?

— Devem estar aglomeradas nas salas de espera de algum programa musical da tv Fuji ou em boates mal iluminadas nos subterrâneos de Roppongui.

Aoyama pensou em dizer o quanto elas são caras também, mas achou melhor ficar quieto. Shiguehiko tinha um caráter parecido com o de Ryōko e herdou um senso exacerbado de dignidade.

Após essa conversa, os dois permaneceram um tempo assistindo à maratona feminina. Aoyama sentiu que o seu interesse pela maratona havia mudado. Quando Abebe Bikila participou dos Jogos Olímpicos de Tóquio, a maratona tinha um significado simbólico. As pessoas acompanhavam a competição sobrepondo suas próprias motivações naquele atleta que seguia correndo. Naquela época, ainda existia um sentimento de motivação nacional que chegava a afetar cada membro da população individualmente. Mas talvez esse sentimento não existisse apenas por causa do crescimento econômico. Será que o objetivo principal não era simplesmente fortalecer o iene como moeda internacional? Provavelmente isso tinha a ver com informação — ponderou Aoyama. Exceto no caso de alimentos, vestuários e remédios, aliás, melhor dizer que inclusive para obtê-los, as informações são valiosas. Decorridos dois ou três anos após o fim da Segunda Guerra Mundial, a fome no país foi atenuada, mas mesmo assim, os japoneses continuaram a trabalhar em ritmo acelerado. A razão disso seria o desejo de viver uma vida de abundância? Se o objetivo era esse, onde está a bendita abundância? Não há espaço habitável confortável; sujeiras estão espalhadas por tudo quanto é canto e, todas as manhãs, as pessoas são espremidas nos trens como sardinhas em lata, em condições nas quais outros animais não conseguiriam sobreviver. O que os japoneses desejavam não era obter uma vida melhor, mas adquirir bens materiais. E as coisas nada mais são do que um tipo de informação. Perdeu-se a motivação interior quando os bens materiais se tornaram abundantes, e as informações, de fluxo contínuo. Por isso a maioria das pessoas conseguiu entregar-se ao conceito da felicidade. Por outro lado, isso fez nascer uma nova e poderosa forma de solidão. Quando a solidão acomete uma pessoa com a saúde debilitada, várias coisas incompreensíveis acontecem. Ela sente ansiedade. E o que elimina essa ansiedade é fazer sexo, praticar atos de violência, matar e coisas desse tipo. Antigamente, ele assistia às maratonas pela TV achando que os corredores tinham uma motivação em comum, mas agora é diferente. É algo óbvio, mas cada atleta está correndo com a sua própria motivação. Para as pessoas que nasceram neste país, aceitar essa realidade deve ser algo bem triste. Aoyama assistia à TV pensando nessas coisas, quando Shiguehiko indagou: "Pai, por que não se casa de novo?".

Naquela noite, Shiguehiko foi à casa de um amigo, e Aoyama jantou sozinho. Rie deixara o arroz já preparado. Ele foi a pé até o mercado especializado em produtos importados que ficava a poucos minutos de sua casa e comprou ovos e carne assada de pato selvagem importados da França, salmão defumado e cogumelo champignon. Isso não queria dizer que ele gostava de cozinhar, mas simplesmente que não considerava um sacrifício preparar algo para comer. Cozinhou levemente os champignons e colocou-os em um prato raso da Ginori, juntos às fatias de salmão defumado, espalhou alcaparras em conserva e, por cima, polvilhou um pouco de pimenta-do-reino moída na hora. Por fim, pingou algumas gotas de limão e um pouco de molho *shôyu* sobre os champignons. Na geladeira, havia cerca de dez marcas diferentes de cerveja mantidas em temperatura ideal. "Antigamente não era assim", pensou Aoyama, enquanto tomava uma cerveja belga. Quando ele foi se encontrar com a organista, passou cerca de três semanas em uma pequena cidade na antiga Alemanha Oriental. Era uma cidade a meio caminho entre Leipzig e Berlim, chamada Wittenberg. Alimentos e bens materiais eram escassos, mas em compensação, Wittenberg, à beira do rio Elba, proporcionava uma paisagem incrivelmente bela. Diferentemente das cidades grandes, não havia mercados voltados para o público estrangeiro e, por isso, todas as manhãs, ele ficava na fila com os habitantes locais, para comprar pão. Alguns fazendeiros compartilhavam verduras, carnes e cervejas caseiras às escondidas. Apesar de passar três semanas que poderiam ser consideradas monótonas, sem nenhuma ocorrência especial, Aoyama não sentiu nem um pouco de tédio. Todas as tardes, no mesmo horário, ele visitava a velha organista que morava numa antiga e modesta casa de pedra no alto de uma colina e passava um tempo conversando com ela assuntos triviais, sem relação com o concerto, em seu parco alemão. O resto do tempo, ele caminhava pelas ruas de pedras ao longo do rio Elba, catava os projéteis deixados pelas tropas soviéticas na Segunda Guerra Mundial e, ao anoitecer, preparava o próprio jantar metodicamente. A pequena casa que alugou tinha um fogareiro a gás muito antigo, difícil de acender, mas uma vez aceso, a chama tinha uma misteriosa coloração azulada que ele não se cansava de olhar. "Naquela época, eu estava em estado de plenitude", pensou Aoyama, "e isso mudou o meu jeito de ser". ...Depois dessa experiência, Aoyama passou a ter como referência esse estado de plenitude conquistado durante a preparação e a realização do concerto da velha organista. Ele jamais se descuidava nas produções de comerciais de TV e vídeos promocionais. Os negócios progrediam de vento em popa, mas agora ele era totalmente alheio ao estilo de vida desregrado da época em que Ryōko era saudável. Mas isso não significava que ele não ia mais aos bares frequentados por moças. Além de que, no serviço, nunca lhe faltavam oportunidades para conhecer outras mulheres e não havia escassez de parceiras sexuais. Porém, nada aconteceu que pudesse chamar de amor. E isso não foi porque o relacionamento com as mulheres lhe causasse aborrecimento ou por sentir remorso em relação a Ryōko ou por se preocupar com a reação de Shiguehiko. Houve uma época em que amigos e conhecidos insistiam em aconselhá-lo a se casar novamente. Até o pai de Ryōko quis apresentar uma mulher elegante de trinta e poucos anos e trouxe-lhe uma foto dela, dizendo: "Sei que é estranho te sugerir isso, mas...". No entanto, Aoyama recusou todas as propostas e, com o tempo, ninguém mais tocou no assunto. Entre os amigos, ficou com fama de moralista. Aoyama resolveu aceitar isso de bom grado. Aoyama simplesmente tinha preguiça. Talvez tivesse pensado em se casar de novo se fosse muito feio ou pobre, a ponto de ser um problema para conseguir alguém com quem passar a noite. As duas metas que ele estabeleceu depois da morte de Ryōko exigiram muito mais tempo e esforço do que imaginara, mas ele conseguiu alcançar seus objetivos. Mesmo mais tarde, continuou selecionando projetos com cuidado e com isso a sua firma consolidou uma posição de destaque no mercado, mas ele não sentia disposição para fazer algo assim — que demandasse muita energia e tempo — por uma mulher.

Mas Shiguehiko disse:

— Você parece desanimado ultimamente. Meio apagado, sei lá. Então, que tal se casar de novo?

Yoshikawa era um antigo colega de Aoyama. Ele havia trabalhado por quase vinte anos na TV, mas agora trabalhava com cinema. Apesar de não serem parceiros de trabalho, eles costumavam sair com frequência. Os encontros não eram cansativos porque havia um respeito mútuo entre eles e não costumavam se queixar da vida. O motivo que levou um homem talentoso como Yoshikawa a deixar a TV para trabalhar no cinema não foi porque o cinema em si havia retomado a força de outrora. O real motivo para migrar de área foi o avanço tecnológico relativo à reprodução de filmes no mercado secundário, como em vídeos e CD-ROM. Em fontes de imagem digital de uso doméstico, principalmente, softwares com qualidade de filme funcionavam bem melhor do que os de vídeo e, apesar de existirem equipamentos capazes de captar imagens em alta definição, havia um grande atraso no desenvolvimento de softwares. Também não havia indícios ainda de que câmeras de alta definição se tornariam realidade. Mas não dava para ficar produzindo filmes pensando só em suprir os mercados secundários. Negociações complexas com grandes estúdios cinematográficos e patrocinadores eram imprescindíveis e exigiam uma pessoa hábil como Yoshikawa.

Eles sempre se encontravam em algum bar de hotel. Naquela noite, Yoshikawa sugeriu um que ficava em Akasaka, com ambiente esnobe e com apresentações ao vivo de harpa.

— Reparou que não existe mais bares para beber sossegado só entre homens? — disse Yoshikawa, ao observar o salão, após chegar cinco minutos atrasado e virar uma dose de xerez com gelo. — Dá só uma olhada. Tá cheio de casalzinho esquisito que nem conhece o gosto de um verdadeiro Bloody Mary. Mas deixa isso pra lá! Ih, olha só aquelas duas com cara de funcionárias de escritório. Estão bebendo algo e dando risadas com as gengivas à mostra. Aquilo que estão bebendo deve ser um Gimlet. Acho que daqui a cinco anos todos os bares vão ter cara de *izakaya*,[2] não concorda?

— Mas também não acho que os bares de antigamente eram tão bons assim. Eu não gostava daquele ambiente de segregação e suspeito que seja pura ilusão pensar que era só naqueles bares sofisticados que serviam coquetéis de verdade.

— Mas sinto que algo mudou e vivemos o caos. E não acho que seja só porque não existe mais diferença entre ricos e pobres.

— Não é só a gente que tá ficando velho, não?

— Só sei de uma coisa. Todos acham que o mundo será igual daqui a dez anos, não é? Todos acham que ainda vão estar vivos e com dez anos a mais. Mesmo com esse monte de terremotos, casos de terrorismo indiscriminado e tal, por algum motivo, todos pensam assim, certo?

— O que está querendo dizer?

2   Um tipo de bar japonês popular que serve alimentos para acompanhar as bebidas.

— Quero dizer que essa é a razão de não se fazer as coisas de imediato. E essa atitude vale pra tudo, desde um encontro romântico dessa molecada que fica perambulando por aí, até a reforma tributária. Nada disso precisa ser agora.

Aoyama percebeu que, de uns tempos para cá, as conversas de Yoshikawa tendiam para esse tipo de assunto com frequência. Ambos tinham quarenta e poucos anos, mas tinha a sensação de que pareciam mais velhos. Antigamente, costumavam dizer: "Não consigo entender o que se passa na cabeça dos jovens de hoje", mas neste caso, não era bem isso. Yoshikawa também tinha um filho de dezesseis anos e, segundo o amigo, ele e o filho costumavam escutar as músicas dos Beatles juntos. Ele pensava que quem é fã dos Beatles não precisava se sujeitar a escutar esse lixo musical que as bandas japonesas atuais tocam, mas pelo visto, não é bem assim. Yoshikawa contou sobre um vídeo musical produzido por um de seus jovens funcionários. Era do show de uma cantora pop, realizado em um estádio de beisebol de uma cidade do interior. Ao ver a edição preliminar desse vídeo, ainda faltando trechos de áudio, Yoshikawa inicialmente pensou que fosse uma cerimônia religiosa de algum novo culto popular. "Havia dezenas de milhares de jovens de aparência e roupas semelhantes ocupando o estádio de modo ordenado e, em uníssono, levantavam-se, gritavam, cantavam e choravam emocionados com o show, e não havia uma pessoa sequer que aparentasse estar realmente feliz. Todos revelavam uma solidão amedrontadora e era como se tivessem estampado no rosto o quanto suas vidas não tinham graça. O que será dessa juventude...?". A harpista começou a tocar "Eleanor Rigby" dos Beatles. "Essa música é uma obra-prima!", disse Aoyama. Yoshikawa assentiu e, por um momento, apreciaram a música em silêncio. Aoyama comprou um single dessa música há muito tempo e estava tentando lembrar qual era a música do lado B. Enquanto ele pensava se era "Taxman" ou "Yellow Submarine", Yoshikawa sorriu e deu um tapinha no ombro de Aoyama.

— Quer dizer que, finalmente, tá pronto?

Eles haviam conversado rapidamente por telefone sobre Aoyama se casar de novo.

— Acho muito bom. Tenho certeza de que todos vão torcer pela sua felicidade, mas se ela for jovem demais, acho que vou ficar um pouco bravo. E então, como ela é?

— Ainda nem comecei a procurar.

Quando Aoyama disse isso, Yoshikawa esboçou uma expressão de quem não acreditava no que acabara de ouvir e pediu outra dose de xerez à garçonete que vestia uma longa saia de veludo.

— Dose dupla!

Havia quatro garçonetes, todas jovens e bonitas. "Talvez sejam estudantes e trabalhem por meio período. Se for, devem ter uns vinte ou vinte e um anos, mas mesmo assim, são novas demais", pensou Aoyama, sem tirar os olhos dos quadris envoltos pela saia de veludo vermelha.

— Como assim, "procurar"? Tá pensando em fazer *miai*?[3] Bom, mesmo assim, acho que pelo seu estado atual consegue arranjar alguém interessante.

— De jeito nenhum. Não quero fazer *miai*. Você já fez alguma vez?

— Claro que não. Nem pensar.

— Eu também não, mas primeiro é preciso marcar para comer alguma coisa juntos, não é? Se der certo, começamos a sair, mas enquanto eu estiver saindo com uma, será que posso fazer *miai* para conhecer outra mulher?

— Sei lá.

— Acho que não dá para sair com várias mulheres ao mesmo tempo. Além de eu ser uma pessoa ocupada, não vou ter tempo para isso.

— Que tipo de mulher você quer? Prefere que seja jovem?

---

3   Encontro preparado com fins matrimoniais.

— Idade é o de menos, mas se for muito novinha, acho que não vai dar certo. Se possível, prefiro uma que trabalhe e que tenha alguma formação clássica.

— Formação clássica?

— Pode ser de música clássica, balé ou algo assim.

— Espera aí. Você tá querendo arranjar alguém como a Ryōko?

— Não é isso. É que só uma formação boa e correta torna a pessoa autoconfiante. É lógico que se a pessoa não tiver confiança nunca conquistará a independência, e uma pessoa que seja dependente de outra só trará infelicidade, isso é certeza.

— Difícil, hein!

— Você acha?

— Tem que ser cantora, pianista ou bailarina, não é? Mesmo sendo você, não vai ser fácil. Só sendo um Onassis para dar conta do recado.

— Não precisa ser uma profissional bem-sucedida.

— Então pode ser alguém do meio artístico?

— Prefiro alguém que ainda não tenha sido estragada pelo meio artístico.

— Com certeza, você tem razão, pois esse é um mundo onde as pessoas são vendidas como mercadorias. Mas isso que você quer não é fácil, sabia?

— Se possível, queria um tempo para observar a pessoa com calma.

— Está pensando em contratar um detetive particular?

— Deixa de besteira! O que eu quero é conversar com a pessoa, falar sobre vários assuntos com calma e profundidade. E, se der, gostaria de conhecer várias pessoas, de conhecer o maior número de mulheres que conseguir. Quanto à idade, talvez de uns vinte e tantos até trinta e poucos anos.

— Espera um pouco — disse Yoshikawa, interrompendo Aoyama. Yoshikawa tomou um gole da outra dose de xerez e, com a mão apoiando o queixo, pôs-se a pensar.

Um tempo depois, com expressão séria no rosto, disse:

— Só tem um jeito — e bebeu mais um gole de xerez. — Vamos fazer uma audição.

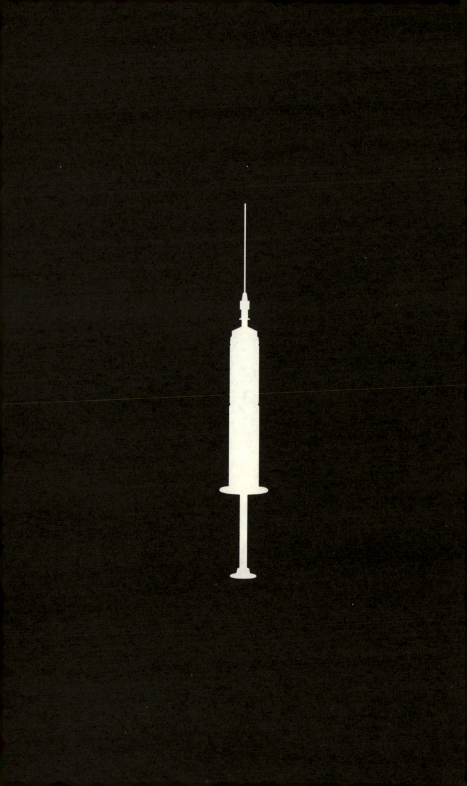

RYŪ MURAKAMI 2

— Não se preocupa, deixa tudo por minha conta! Confia em mim. Alguma vez eu traí a sua confiança e te decepcionei? Sei que não pega bem eu falar assim, mas sou profissional em fazer audições.

Naquela noite, Yoshikawa ficou exageradamente eufórico. Insatisfeito em ficar bebendo sossegado naquele bar de hotel, disse ao amigo que conhecia um outro lugar que era "seu favorito" e, de táxi, foram até um bar em Roppongui, onde moças de vestidos esvoaçantes preparavam uísque com gelo. Era um salão com decoração ao estilo italiano, com vidros foscos desenhados dispostos entre os sofás. A música ambiente era um jazz europeu inorgânico e, espalhados aqui e ali, havia vasos de plantas ornamentais de folhagens exóticas que pareciam exigir cuidados redobrados. Aoyama percebeu que o local deveria ser bem caro, mas não entendeu o porquê da predileção de Yoshikawa por ele. A casa estava bem cheia e muitos clientes bebiam no balcão, mas Yoshikawa, que parecia receber tratamento especial, logo foi conduzido a um sofá em L no canto do salão. Quem os acompanhou até a mesa foi um rapaz de uns 25 anos do tipo que, um tempo atrás, não se via nesses bares noturnos. Ele tinha piercing nas orelhas, no nariz e nos lábios, tinha um rosto anguloso e trajava um terno de seda castanho esverdeado. "Por favor, peço que aguardem uns quinze, dezesseis minutos", disse o rapaz, colocando sobre a mesa redonda o Ballantine trinta anos, balde de gelo, água e copos. Aoyama entendeu que as hostesses demorariam em torno de quinze, dezesseis minutos para virem à mesa porque a casa estava cheia. "Realmente é um lugar chique e aconchegante", disse Aoyama para Yoshikawa. "Qual é o motivo para gostar tanto daqui?"

— O motivo é simples. As garotas daqui não são bobas. As mulheres que trabalham nesses clubes de Guinza, que praticamente viraram ruínas depois do estouro da bolha, são um bando de garotas idiotas, dessas que parecem que acabaram de descer de um palco de discoteca, não é mesmo? É como você mesmo mencionou agora há pouco, uma mulher que trabalha não fica burra. As garotas daqui são bonitas, praticam canto, dança ou teatro, e você não imagina como é difícil manterem essas práticas sem virar atrizes de filme pornô ou modelos que posam nuas. Você sabia que aumentou demais o número de mulheres que se autointitulam atrizes? Chega a ser bizarro! Existem atrizes em tudo quanto é lugar e a maioria é ilustre desconhecida. A quantidade de filmes produzidos continua quase a mesma de antigamente, mas o número de atrizes aumentou mil vezes. Eu, pessoalmente, acho que é uma situação esquisita, mas podemos usar isso em seu favor.

"Vamos fazer uma audição", disse Yoshikawa. Aoyama já havia participado no passado de algumas audições para selecionar modelos para campanhas publicitárias. No estúdio, quando via as dezenas de modelos em fila, de biquíni, Aoyama lembrava-se de expressões como "tráfico de mulheres" e "mercado de escravos". Obviamente, não se tratava de escravas, mas o fato de elas estarem de biquíni, uma ao lado da outra, não deixava de ser um tipo de exposição para se vender. O comércio é uma atividade social básica e, tanto para quem vende quanto para quem compra, o objeto da negociação é uma mercadoria. "Será que posso usar esse tipo de coisa para algo tão pessoal como encontrar alguém com quem me casar?", pensou Aoyama.

— O que aconteceu? Por que ficou quieto e parou de beber? Não gostou da minha extraordinária ideia de fazer uma audição?

— Não é isso — respondeu Aoyama, levando à boca o copo de Ballantine trinta anos com gelo. — Mas estou preocupado.

— Mas essa é a única forma de realizar o seu desejo. Tá preocupado com a grana?

— Tem a questão do dinheiro também, mas o que me preocupa é misturar assuntos públicos e pessoais.

— Entendo. Mas saiba que não sou trouxa a ponto de fazer uma audição só pra achar uma mulher pra você se casar. Além disso, se eu fizesse isso, seria considerado golpe.

— Golpe?

— Você acha que vão aparecer dezenas de mulheres talentosas do jeitinho que você deseja se a gente botar um anúncio de que o sr. Shigueharu Aoyama tá procurando uma esposa para se casar de novo?

— Acho que não.

— Mas também não podemos anunciar uma audição inventando um filme que nem vamos produzir. Isso sim, seria um belo de um golpe. Por isso, a minha ideia é realmente fazer um projeto de filme. Um *love story*. Faremos a chamada dizendo que estamos procurando uma protagonista dentro de uma faixa etária bem abrangente, entre vinte e trinta e poucos anos, e limitar às pessoas que possuam alguma formação artística. Que tal?

— Pretende fazer um filme de verdade?

— Não precisamos definir isso. Todos os anos, dezenas de filmes são engavetados por falta de investidores. Na verdade, é muito mais raro uma produção ir até o fim.

— Mas isso também não seria um tipo de golpe?

— De jeito nenhum. Uma coisa é fazer uma audição em cima de um filme que você nunca teve intenção de fazer e outra coisa bem diferente é fazer uma audição depois de ter definido o projeto e ter preparado a estrutura para arranjar roteiro, patrocinadores e atores para contracenar. Concorda?

— Isso significa que o filme pode sair?

— As chances são bem remotas, mas cinema é uma coisa engraçada, sabe? As chances são bem maiores quando a gente leva na boa, pensando que o que vier é lucro.

— É mesmo?

— É claro que não. Mas também não adianta ficar neurótico. Enquanto não houver mudanças na estrutura da indústria de entretenimento deste país, não tem como fazer filmes só com persistência e boa vontade.

— E eu vou me casar com a protagonista?

— Não quer?

— Se é uma história de amor, a atriz vai contracenar com um ator, um homem que não sou eu, certo? Para falar a verdade, não gosto muito dessa ideia. E, com o tempo, ela pode se tornar uma atriz de verdade. Não sei se uma atriz consegue ter uma vida simples e calma. Pode ser preconceito da minha parte, mas acho que atrizes são seres humanos de uma espécie completamente diferente.

— Não é preconceito, não. Você tem razão. Não existem atrizes com personalidade decente. E se tiver, eu raspo a cabeça, enfio um pepino no cu e vou passear pelo atol Moruroa plantando bananeira. É por isso que a sua pretendente não vai ser a protagonista. Pensa bem, se você ficar com a protagonista, como é que vai explicar que o projeto não deu certo? Não vai ter como explicar. Você sabe que as chances de o filme acontecer são muitíssimo pequenas. Você acha que vai ter coragem de dizer pra sua futura patroa — que vai estar mega feliz por protagonizar um filme — que o sonho dela não vai mais acontecer? Se você disser isso, pode crer que o amor já era. Posso jurar pra você que, por mais que o amor entre vocês seja intenso, esse vai ser o começo do fim. Por isso, nada de protagonista. O que você procura é uma mulher que passe raspando pelo crivo da primeira seleção de currículos e que, apesar de não ter o perfil de atriz, tenha um rosto bonito e que desperte curiosidade de chamá-la para uma entrevista. Você só produz filmes comerciais e, por isso, não deve saber, mas no meio desse pessoal, encontramos muitas garotas que são verdadeiros tesouros. Se a gente fizer uma audição de nível razoável que atraia cerca de mil candidatas, vamos ter pelo menos umas dez que vão estar dentro desse perfil, entende? Uma mulher de rosto chamativo que, quando você sair com ela, noventa por cento dos homens vão se virar para olhá-la. Embora a escolaridade não seja um quesito importante, às vezes somos surpreendidos com uma ou outra candidata que se formou numa universidade renomada. São umas moças inteligentes que, por terem praticado balé ou piano, são elegantes e não são pedantes. Eu tô falando de mulher que te faz pensar: "Ah, se eu fosse vinte anos mais novo!". Se bem que, vinte anos atrás, eu não tinha dinheiro nem posição social para bancar uma mulher desse naipe, mas eu bem que queria que meu filho se casasse com alguém assim.

Yoshikawa estava animado e falava enquanto preparava a sua própria dose nova de uísque com gelo. "Mas no fim das contas, estaremos enganando essas mulheres", Aoyama pensou, mas não falou. No fundo, ele não podia deixar de se imaginar rodeado por dez dessas lindas moças inteligentes e educadas, com formação tradicional e uma beleza angelical. Que tipo de homem não ficaria contente com esse tipo de fantasia? Só sendo veado ou maluco.

A inabalável prudência de Aoyama cedeu aos encantos dessa fantasia. O que ele não podia imaginar era a situação de extremo terror e as consequências angustiantes que o aguardavam no futuro.

— Você deve achar estranho que uma mulher dessas, que os machos idealizam, não fique entre as finalistas, não é? Existe uma explicação para isso, só que ela é longa e demorada, e como eu quero te explicar mais outras coisas, vou tentar resumir, tá bom? Basicamente, uma mulher que sente a necessidade de se expressar é infeliz. Mas e quanto aos homens? Você acha que um homem que sente a necessidade de se expressar pode ser considerado uma pessoa infeliz? Pois então, eu creio que não, que é considerado normal. Existe uma visão de que nos dias de hoje a expressão deve se tornar uma mercadoria da sociedade capitalista, ou seja, devemos ser competitivos. As mulheres, porém, têm pouco espírito competitivo, e as mulheres que têm espírito competitivo são invariavelmente infelizes. Mas então — prosseguiu Yoshikawa —, você deve estar curioso pra saber como vamos fazer a audição, não é?

Aoyama concordou. Ele tinha bebido metade de seu copo de uísque com gelo e, antes de escutar o que Yoshikawa tinha a dizer, deu uma olhada ao redor do salão. Não havia muitas mulheres, mas apesar da iluminação fraca do ambiente, era mais do que óbvio que todas que estavam ali eram nota dez. As roupas e a maquiagem eram elegantemente discretas e ninguém vestia um terninho básico da Chanel. Os clientes também não eram mais o mesmo público de antigamente — executivos de grandes companhias ou corretores de imóveis que podiam ser identificados só de bater o olho, pois tinham o corte de cabelo escovinha e vestiam terno Armani —, foram substituídos principalmente por homens do ramo musical e de empresas de computação. Ambas as categorias possuem rios de dinheiro, mas são discretos. Eles são discretos, não no sentido de serem comedidos, mas sim no de não saberem fazer farra. Aoyama fitava as mulheres sentadas educadamente ao lado daqueles homens, de um jeito que ele não fazia desde que Ryōko falecera. Aoyama não percebeu, mas o seu olhar era de macho.

— Dependendo de como se faz uma audição — disse Yoshikawa —, não há dinheiro que baste. Um anúncio de uma página no *Asahi Evening News*, *Pia* ou *Tokyo Walker* chega facilmente na casa dos milhões de ienes, sem contar que, pra fazer um anúncio nos melhores espaços publicitários, há uma espera de pelo menos seis meses. Sabemos que os jornais e as revistas são mídias poderosas, mas elas não servem pro nosso propósito. Seria o caso de usar uma tecnologia nova que se chama comunicação via computador? Não. Isso também não serve. Vamos imaginar que tenha uma mulher que, de cem homens, todos os cem a desejariam como sua noiva ou namorada. Você acha que esse tipo de mulher se interessaria por um meio de interação, seja comunicação via computador, seja internet ou e-mail, que é usado por um bando de homens desocupados e sem nenhum atrativo? Sei que pode parecer uma estratégia modesta, mas acho que devíamos apostar nas emissoras de rádio FM. E quando digo rádio, não estou pensando em programas do tipo *J Wave* ou FM *Yokohama*, que são sucesso garantido entre a garotada, mas penso na Tokyo FM 1. O diretor desse programa é o Yokota, um tremendo de um imbecil que me deve um monte de favores porque quando ele estava com a corda no pescoço eu lhe indiquei vários patrocinadores. É só eu dizer que os anúncios na rádio são bem mais baratos que na TV e que a bola da vez é a rádio FM que o pessoal vai acreditar cegamente e, num piscar de olhos, eu consigo juntar de trinta a quarenta patrocinadores. Vou falar com o Yokota e aí a gente pega um dos programas regulares dele pra promover exclusivamente a audição. Normalmente, a produção artística dos programas do Yokota é feita pelas empresas de pequeno e médio porte sobre as quais tenho influência, e além disso, eu que vou trazer os patrocinadores. O departamento de publicidade deles é cheio de um pessoal com disfunção do lobo frontal, então é só uma questão de bajulá-los pra eles enxergarem platina onde tem merda. E mesmo que já tenha montado a grade de programas novos de outono, o Yokota não pode recusar se eu falar pra fazer uma chamada regular por três meses com um tema do tipo: "Será que você aí, que está ouvindo esta mensagem, é a nossa heroína?". Vou pedir à minha equipe de redatores escrever um roteiro para ser lido por uma mulher. Aí o diretor pode ser qualquer um. A chamada pra primeira fase da seleção também será feita em outros programas e, quanto ao título, ah, é. O que você acha de *A Heroína do Depois de Amanhã?* O fundo musical vai ter trilhas sonoras antigas e novas e o horário do anúncio vai ser no final do período da manhã, porque primeiro a gente tem que chamar a atenção das estudantes universitárias, e não das garotas que trabalham em escritórios. Elas estão fora de cogitação. Não quer dizer que elas não sejam bonitas, mas é que alguém que tem um trabalho estável e se dá bem com os colegas é um tipo de mulher difícil de ser enganada. Não, não, por favor, não me leve a mal. Não estou dizendo que vamos enganá-las, mas que elas não têm motivação suficiente pra embarcar nesse tipo de trama nosso. As garotas que se autodenominam ajudantes de serviços domésticos é que são as que você tem que ficar de olho. Aposto que nenhuma que fala isso cozinha ou limpa a casa de verdade. E é justamente no meio desse pessoal que vamos encontrar o nosso tesouro que jaz escondido. O horário que elas mais sentem tédio é no final do período da manhã. Elas acordam, tomam banho e, nesse horário, não tem nada de interessante passando na TV, mas ainda é muito cedo pra ver um filme no cinema, ir a um show ou sair pra um encontro. Então, elas ligam o rádio ou o aparelho de som e giram os botões — do mesmo jeito que fazem quando se masturbam beliscando os mamilos — até sintonizar numa emissora FM. O corpo ainda não está totalmente desperto, então o programa que ela vai escolher vai ser algo leve e relaxante. É isso. "Por que não ouvir *A Heroína do Depois de Amanhã*?" A voz suave da apresentadora começa a falar na rádio: "Imaginar o que ainda não possui forma é muito romântico. Você consegue imaginar como era o dia a dia da Audrey Hepburn, da Vivien Leigh ou da Julia Roberts antes do estrelato? Elas eram como você e sequer pensavam que um dia estariam brilhando nas telas do cinema. Isso mesmo. Antes de se tornarem heroínas, elas viviam as suas respectivas vidas. As heroínas do depois de amanhã também estão vivendo assim como você. Não. A heroína do depois de amanhã, na verdade, é você..."

As férias de verão de Shiguehiko estavam terminando. Neste verão, em que o calor estava demasiado forte, Shiguehiko quase não parou em casa. Foi viajar com os amigos, foi ao acampamento do clube de esqui e passou alguns dias na casa dos avós maternos. Aoyama, por sua vez, precisava fazer várias apresentações importantes de comerciais de TV antes e depois do feriado de Finados e, por isso, quase não teve tempo de descansar. Como faziam todos os anos, os dois resolveram viajar até um pequeno e antigo hotel próximo ao lago Yamanaka. Na época em que Aoyama ainda trabalhava na agência, o hotel foi o cenário para as sessões de fotos promocionais de uma bebida alcoólica importada. O ambiente tranquilo e reservado o agradou tanto que, desde então, se tornou um refúgio para passear com a família todos os anos.

No começo, iam só ele e Ryōko. Mais tarde, começaram a levar Shiguehiko no carrinho de bebê e, nos últimos sete anos, pai e filho, que crescia mais a cada dia, continuaram a viajar até o local.

O hotel — que ficava em meio a um bosque a pouco mais de dez minutos de carro do lago Yamanaka — não era tão luxuoso, a comida não era excepcionalmente boa e os hóspedes regulares não recebiam nenhum tratamento especial. Ele ficava bem no meio de uma colina de inclinação suave com vista para o lago e o monte Fuji. O hotel foi construído com materiais naturais — pedra, madeira e estuque — e integrava-se às densas matas circundantes. Havia duas quadras de tênis de saibro e os quartos — que não chegavam a vinte no total — eram bem espaçosos e privativos e, diferentemente das pensões nas montanhas, não obrigavam os hóspedes a participar de atividades em grupo para se confraternizarem. Obviamente, Aoyama guardava muitas lembranças de Ryōko de quando estiveram no hotel. Eles viajavam juntos com frequência antes e depois do casamento, principalmente antes de Shiguehiko nascer, mas o pequeno hotel do lago Yamanaka era o único lugar ao qual eles faziam questão de voltar todos os anos. O carro usado na primeira viagem que fizeram ao hotel foi um Bluebird sss que Aoyama pediu emprestado a um amigo. A maior motivação para comprar o primeiro carro do casal — um Audi seminovo pago em trinta prestações — foi porque eles queriam viajar para o hotel no lago Yamanaka no final do verão, passando pela via expressa Chūō. O Audi seminovo deu lugar a um Audi novo, posteriormente substituído por uma Mercedes 190, e, depois da morte de Ryōko, o escolhido foi um sedã modelo básico de fabricação nacional.

No verão do ano em que sua esposa faleceu, após hesitar muito, Aoyama viajou até o hotel. Shiguehiko cursava a terceira ou quarta série da escola primária e Aoyama ainda se lembra muito bem dessa época. O gerente do hotel, um grande apreciador de Schumann, sem saber da morte de Ryōko, indagou ao abrir a porta do lado do passageiro e notar que o banco estava vazio: "Ela vai chegar mais tarde?". Shiguehiko respondeu de modo surpreendentemente alegre: "Mamãe morreu". O canto das cigarras e o gorjear dos pássaros atravessavam o ar frio que amplificava a potência dos sons, e Aoyama pensou: "Ela nunca mais vai pisar no chão de cascalho deste estacionamento". Foram muitas as vezes que Ryōko pisou no chão deste estacionamento com calçados de estilos e cores diferentes e, toda vez que chegava neste hotel em meio às montanhas, costumava comentar: "Aqui a gente sente o verão ir embora, não é?". Aoyama precisava aceitar que ele jamais escutaria a voz de Ryōko dizendo essas coisas novamente e que nunca mais veria aqueles pés delicados andando sobre o chão de cascalho. Ele soube pela primeira vez que a morte de um ente querido pressupõe a aceitação gradativa de fatos como esse, um a um. "Mas será que uma criança de oito anos consegue aceitar isso?" Quase esmagado por essa angústia, Aoyama passou os quatro dias jogando tênis com Shiguehiko. Naquela época, os dois eram péssimos jogadores, então era raro ter um rali entre eles e por isso aquilo deveria ser extremamente chato, mas Shiguehiko jamais pediu para parar o jogo. Até um garoto de oito anos sabia que não havia mais nada a fazer.

— Será que o Gang vai se dar bem com a Rie? — indagou Shiguehiko, sentado no banco do passageiro.

Durante a semana, no fim de agosto, a via expressa Chūō tinha poucos carros e, com o céu ensolarado, ao passarem pelo lago Sagami-ko era possível admirar os contornos do monte Fuji sem neve.

— Acho que ele não gosta muito da Rie, mesmo ela dando comida pra ele todos os dias.

Gang era o beagle que eles compraram há cinco anos em um pet shop da vizinhança. Antes do beagle, tiveram um dachshund e, quando Ryōko ainda estava viva, um scottish terrier. Quem escolheu o beagle foi Shiguehiko, que tinha acabado de fazer dez anos, mas como o filho enjoava-se rápido das coisas, não cuidava dele por iniciativa própria. Obviamente, Rie, a empregada, era quem o alimentava duas vezes ao dia, e Aoyama era quem o levava para passear na maioria das vezes. Mas, para Shiguehiko, Gang ainda era cachorro dele e quem deu o nome Gang também foi ele.

— Eu não acho que ele não goste dela. A Rie vive brincando com ele no quintal, não é? — disse Aoyama.

Aoyama dirigia o carro com uma sensação de prazerosa inquietude enquanto conversava com o filho. Depois que Aoyama anunciou que pretendia se casar novamente, Yoshikawa dedicou-se de corpo e alma aos preparativos da audição com uma diligência que era muito além do que se espera de um amigo. "O programa de rádio foi aprovado sem qualquer objeção", disse Yoshikawa. "O projeto ficou a cargo da minha equipe e o título do programa ficou *A heroína do depois de amanhã*, como havíamos conversado. Parece piada, não é? Ah! E tem mais: a apresentadora é uma cantora de jazz meio famosinha de uns trinta e poucos anos que acabou de voltar dos Estados Unidos. A ideia de divulgar trechos do filme aos poucos no programa também agradou e a audiência tem sido excelente. Aliás, tem sido tão boa que, em vez de eu me sentir em dívida com o Yokota, ele é que veio me agradecer. A molecada que trabalha na minha equipe adora filmes e tá bem animada. Eles estão tão empenhados que agendam reuniões diárias com os grandes distribuidores e os potenciais patrocinadores, e tem até gente começando a escrever roteiro. Mas se deixar o projeto tomar vida própria as pessoas podem questionar a sua participação na audição e, por isso, preciso frear essa turma um pouco. Lembra daquele documentário meio diferentão que você produziu em parceria com a TV alemã? Isso, aquela que contava a história de uma bailarina com problemas nos quadris e que tinha um homem de meia-idade que a apadrinhava e um menino autista, lembra? Será que poderíamos usar isso como base para a nossa história? Aí seria perfeitamente natural você ser um dos produtores. Quem sabe, além de encontrar a noiva perfeita, ainda vamos fazer o filme acontecer e ganhar dinheiro. Será que seremos castigados se isso acontecer? De qualquer modo, o programa só foi ao ar três vezes — e não vai se assustar, hein? — temos mais de duas mil candidatas inscritas. Temos um universo de duas mil mulheres para escolher a sua noiva. A faixa etária com uma boa margem fez toda a diferença, mas pode ser que um filme tenha mais chance de dar certo quando se tem segundas intenções, estritamente pessoais".

— Pode não parecer, mas o Gang é muito sensível e temperamental, sabe? — disse Shiguehiko — Sei lá, ele é meio acanhado e é um tipo de cachorro que não se apega facilmente às pessoas. A Rie às vezes é indelicada, não é? Quando ela lava a louça, ela vira e mexe acaba quebrando os copos caros que a mamãe gostava.

— São só três dias, vai dar tudo certo.

Antes de viajar, Shiguehiko colocou no porta-malas uma TV de dezoito polegadas com videocassete embutido e alugou umas dez fitas de filmes de guerra. A intenção era de assistir a esses filmes junto com o pai. No carro, escutavam músicas da fase intermediária dos Beatles, após chegarem a um comum acordo. Isso porque, de início, Aoyama queria escutar música clássica e Shiguehiko preferia escutar as músicas de Tetsuya Komuro da época do TM Network. Quando "All You Need is Love" começou a tocar, o assunto da conversa com Shiguehiko pulou de Gang para as guerras na selva ocorridas no Vietnã, mas a única coisa em que Aoyama conseguia pensar era nas duas mil candidatas. Ele sequer conseguia imaginar essas duas mil mulheres, mas estava animado como se infinitas possibilidades estivessem se abrindo. O sentimento que invadia o seu coração era bem diferente daquele que sentiu no verão do ano em que Ryōko havia falecido. Naquela época, a única coisa em que ele pensava enquanto estava ao volante era não deixar seu filho vê-lo chorar. Um dia, é possível libertar-se até mesmo das feridas mais profundas e, de uma só vez, abrir caminhos para novas possibilidades. Uma verdade que era reconfortante, singela e agradável. Depois do check-in, ele e Shiguehiko jogariam três partidas de tênis de saibro, tomariam banho de imersão na banheira de cipreste grande que fica em cada quarto, sairiam para comer abalone e barbatana de tubarão no restaurante chinês que serve uma comida razoável à beira do lago e, depois disso, ele ficaria novamente pensando nas duas mil candidatas enquanto assistissem a *Hamburger Hill*, *Platoon* e *Rambo*... Tudo muito simples, saudável e agradável.

— Eu não sei muito bem da história, mas os vietcongues eram mesmo tão fortes assim?

— Na selva eram imbatíveis.

— Os boinas-verdes[1] também não podiam com eles, não é? Será que os *Spetsnaz*[2] também perderiam pra eles?

— Os *Spetsnaz* nunca lutaram contra os vietcongues.

— Mas se lutassem, provavelmente, os *Spetsnaz* também perderiam para os vietcongues, não é?

— Se fosse uma luta na selva, acho impossível alguém vencer os vietcongues.

---

[1] Forças especiais do Exército dos Estados Unidos.
[2] Forças especiais do Exército controlado pelo serviço de inteligência militar da antiga União Soviética e atual Federação Russa.

— Os *booby traps* eram incríveis, não é?

— Com certeza. Havia buracos camuflados, com espetos de bambu cravados lá no fundo. Alguns dos buracos eram pequenos o suficiente para atingir só os pés ou as pernas, e também havia pranchas que, quando eram pisadas, levantavam e fincavam as lanças no peito.

— Ouvi dizer que eles passavam cocô ou veneno nas pontas dos espetos.

— É porque merda é de graça, ao contrário de balas e helicópteros.

— Dá até medo. Aposto que eles passavam as bostas mais imundas. Acho até que eles faziam exame de fezes para usar as de quem tivesse mais bactérias.

Quando o CD dos Beatles terminou de tocar, Aoyama olhou para o relógio e sintonizou o rádio na Tokyo FM 1. Uma voz feminina suave saiu dos alto-falantes e Shiguehiko protestou: "O que foi? Por que colocou na rádio?". A voz falava: "Onde será que você está agora? O impossível pode acontecer. Só é preciso um pouco de coragem...". Assim que voltarem do lago Yamanaka, darão início à seleção de currículos. "Duas mil mulheres", murmurou Aoyama, tomando cuidado para que Shiguehiko não conseguisse escutá-lo.

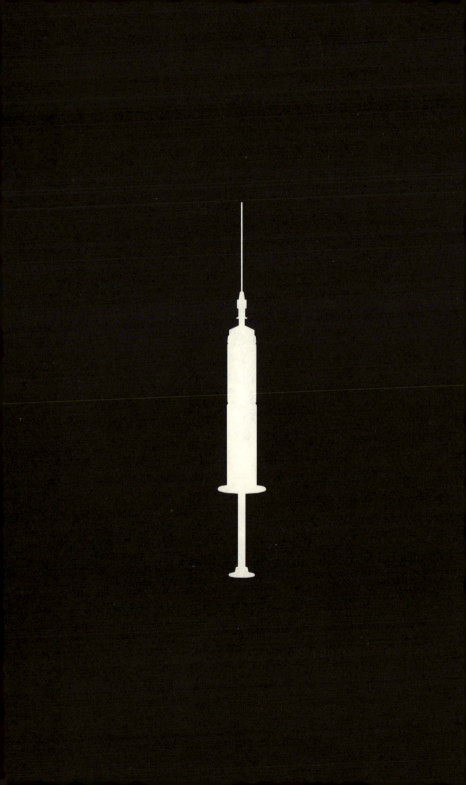

RYŪ MURAKAMI 3

Na primeira noite que passaram no hotel do lago Yamanaka, pai e filho resolveram assistir aos três filmes da série *Rambo*. No final do primeiro filme, Shiguehiko exclamou com os olhos marejados: "Que filme bacana! Fiquei com pena do Rambo". Mas no decorrer do segundo e terceiro filme ele começou a demonstrar um crescente descontentamento e, na última cena de *Rambo III*, esbravejou:

— O que é isso? Tá de brincadeira? Ele monta no cavalo, começa a lutar e ainda por cima consegue derrubar um helicóptero de combate? Tá pensando que a gente é trouxa? Isso não é *Sangoku-shi*[1] e ele nem é o Genghis Khan.[2]

Às duas e pouco da madrugada, Shiguehiko disse que queria usar o computador e pediu para ficar sozinho no quarto.

— Vá beber alguma coisa por aí. Não consigo ficar à vontade com alguém que não manja nada de computador me olhando.

Aoyama pegou uma garrafa de conhaque e um copo e deixou o quarto. O silêncio reinava no hotel, mas a luz estava acesa na sala ao lado do saguão. O espaço não era grande, mas havia poltronas aconchegantes, confortáveis de se sentar, e sobre cada

---

1 *Romance dos Três Reinos*, de Luo Guanzhong, é um romance histórico que mescla elementos da mitologia, lenda e folclore de várias regiões chinesas com eventos do período dos Três Reinos da China, que se estendeu de 220 d.C. a 280 d.C.
2 Imperador dos mongóis (c. 1162–1227). Conquistou a maior parte da Ásia com sua cavalaria disciplinada e sanguinária.

mesa havia uma luminária de leitura. Sob a luz suave da lâmpada disposta de forma a iluminar somente a região das mãos, os pensamentos de Aoyama oscilavam entre Ryōko e a audição, enquanto ele desfrutava a sensação do conhaque descendo quente garganta abaixo. Ele novamente reconheceu, como já havia feito inúmeras vezes antes, sempre que pensava no assunto, que a morte de Ryōko foi um momento determinante em sua vida. Isso não significava que ele havia mudado por causa da morte dela, ou que fosse algo que ele tenha desejado que acontecesse. Não. Às vezes, coisas ruins acontecem na vida da gente. Aquilo que construímos com todo cuidado e dedicação pode, em um piscar de olhos, desaparecer para sempre. Isso não é culpa de ninguém, mas quando isso acontece, surge uma ferida que não conseguimos suportar. Uma ferida difícil de suportar e que, por isso, as pessoas se debatem para tentar fugir do sofrimento. A única coisa que pode curar essa ferida é o tempo. Um longo tempo. Quando a ferida é muito profunda, a cura deve ser delegada ao tempo e deve-se tentar pensar: "Hoje termina mais um dia que eu consegui sobreviver. Eu venci!". E conforme os dias, as semanas e os meses vão passando, começa-se a ver sinais de cura. É assim, lentamente, que a ferida vai se cicatrizando. Porém, o processo de cura não é o mesmo para as crianças. Após a morte de Ryōko, Shiguehiko ficou vários meses buscando desesperadamente por algo. Frequentou inúmeras escolas de tênis, varava a noite jogando videogame ou mexendo no computador, começou a brigar na escola e tinha dias que ele voltava com a cara toda ensanguentada. Parecia um processo de autoabandono, mas isso tudo era porque ele estava procurando desesperadamente por algo. Algo que o ajudasse a não pensar na dor. Entregar-se ao tempo e ficar apenas esperando até que a ferida se cicatrize significa matar o seu eu, ou seja, aceitar temporariamente a morte. Uma criança é incapaz de fazer isso. Por isso, no caso de Shiguehiko, em vez de encarregar a cura ao tempo, procurou desesperadamente por algo para se livrar daquela dor, sem se importar com o método usado para obter o resultado desejado. O mais importante não era o fato de ele realmente encontrar algo ou não, mas sim o processo de busca, que cria um distanciamento da ferida. Aoyama não aprendeu isso com Shiguehiko, mas encontrou motivação quando ele decidiu trazer para o Japão a lendária instrumentista de órgão de tubos. Se não fosse por esse projeto, possivelmente ele não teria chegado aonde chegou e, se não fosse pela morte de Ryōko, ele não teria tido essa motivação. As razões de ele reconhecer que a morte de Ryōko foi um momento determinante na sua vida estavam relacionadas a esse estado de pensamento.

Aoyama deu uma folheada na *Newsweek* que provavelmente fora esquecida por algum hóspede americano sobre a mesa de teca zelosamente polida. O proprietário daquele hotel jamais deixaria uma revista estrangeira só para ficar de decoração. Uma foto chamou a atenção de Aoyama. A foto de um jovem morador de rua de Nova York. "Este garoto tem dezesseis anos e nunca recebeu um abraço em toda a sua vida", dizia a legenda. Aoyama observou o rosto do rapaz durante um bom tempo. Era um rosto composto apenas de marcas de ferida. Um rosto que não indicava tempo, nem histeria, nem motivação, mas composto apenas de "feridas". "Esse tipo de pessoa deve ser capaz de matar um ser vivo sem sentir qualquer emoção", pensou Aoyama.

"... A empresa do meu pai faliu e nossa família teve de mudar de uma casa grande para um apartamento de seis tatames.[3] A dívida era estratosférica, mas como meu pai quase não ficava em casa antes, lembro de ter ficado um pouco feliz de poder passar mais tempo com ele. Nas comemorações de ano novo daquele ano, a cidade estava repleta de pessoas bem vestidas, mas o nosso quarto era escuro, frio e não tinha nada. Naquele quarto, nós assistimos a um filme enrolados num cobertor. O filme era antigo. E ainda era uma comédia. Provocava gargalhadas, mas no final era um pouco triste a ponto

---

3 Unidade de medida japonesa comumente usada no lugar de metros quadrados. Seis tatames equivalem aproximadamente a 9,7m².

de fazer a gente chorar. Era desse tipo de filme. Todos da família — meu pai, minha mãe, o meu irmão mais velho e a minha irmã mais nova — demos boas gargalhadas e, no final, todo mundo acabou chorando um pouco e eu fiquei muito satisfeita de ter passado ótimos momentos junto com a família. Foi naquele exato momento que senti um forte desejo de me tornar atriz e atuar em filmes..."

— O que achou? É de cortar o coração, não é? — disse Yoshikawa, colocando a pilha de currículos sobre a mesa de centro. Eles estavam na sala de Yoshikawa, que era o chefe da Seção 2 do Departamento Comercial da maior agência de publicidade do país, a mesma empresa em que Aoyama chegou a trabalhar. — Foi uma ótima ideia pedir pra candidata escrever uma redação simples, além de colocar foto no currículo. É estranho, mas a escrita dá um parâmetro melhor para se conhecer a candidata, muito mais do que a foto. Mas dá só uma olhada nisso! É uma quantidade absurda de inscritas. Fechamos com quatro mil. Selecionamos, por alto, umas cem candidatas interessantes, e dentre elas, vamos escolher trinta. Coloque nesta caixa os currículos que achar interessante, está bem?

Uma funcionária jovem pediu licença e entrou na sala para servir chá verde. A sala não era tão grande, mas era um escritório exclusivo com mesa, um conjunto de sofás e, atrás da mesa, uma parede de vidro que descortinava o bairro do Guinza. Aoyama não tirou os olhos da jovem funcionária enquanto ela deixava a sala depois de servir o chá. Certa vez, um fotógrafo de cena que trabalhava com Aoyama comentou que, depois dos quarenta, as pernas das mulheres atraíam mais a sua atenção do que o rosto ou o peito. "Realmente, as pernas chamam a atenção", pensou Aoyama. "Deve ser verdade que as pernas das garotas simbolizam, em parte, as boas mudanças ocorridas nos cinquenta anos do pós-guerra."

"De qualquer modo", pensou Aoyama, olhando para a pilha de cem currículos que estava diante dele, "isso sempre foi óbvio, mas isso aqui é muita discriminação". Quatro mil candidatas se inscreveram e, sobre a mesa, estavam os dados de cem garotas "com potencial". E os outros três mil e novecentos currículos estavam dentro de uma caixa de papelão, largados no canto da sala. E dentre essas cem, ainda teria que escolher trinta. Escolher...

— As entrevistas começam a partir da semana que vem. Deve levar uns dois dias. A sala de reunião já tá reservada. Tudo bem na sua agenda?

O filme pode dar certo?

— Não sei. Parece que o roteiro está pronto, mas sinceramente, quando dei uma olhada naquilo, achei horrível! A busca por patrocinadores anda meio devagar e, como você sabe muito bem, o que realmente importa para se fazer um filme é dinheiro e um bom roteiro. Atores e diretores são o de menos.

Então, o filme não deve sair, é isso?

— Pois então, lembre-se de que o nosso objetivo principal é encontrar uma nova esposa para você, não é? Não me diga que, a essa altura do campeonato, você ficou com dor na consciência. Escuta aqui, Aoyama, nessas horas, o importante é seguir em frente. Por acaso, você acha que estamos fazendo algo de errado? Estamos procurando uma pessoa para se casar com você, uma esposa. Ela vai ser a pessoa que você vai cuidar pelo resto da vida, certo? Agora, se isso tudo fosse apenas para te arranjar uma amante, nesse caso, poderíamos acabar recebendo um castigo divino.

"Castigo divino!", murmurou Aoyama, tomando cuidado para que Yoshikawa não o escutasse, e começou a examinar os currículos e as fotos das candidatas.

— Não confie cem por cento na foto. Não estou falando que elas fizeram algum retoque na foto, mas é que, dependendo da iluminação e do ângulo que se tira a foto, uma mulher pode parecer incrivelmente deslumbrante ou o exato oposto disso. Por isso, se você ficar na dúvida e quiser conhecê-la pessoalmente, coloque o currículo na caixa — sugeriu Yoshikawa.

Aoyama concordou e passou a examinar as fotos das cem jovens mulheres. A maioria era bonita. Leu os currículos e separou aquelas que tinham formação em música clássica e balé.

As redações eram de assuntos variados, mas em termos gerais, todas tinham argumentos muito parecidos, tais como: "sei que tenho perfil para ser atriz", "o caminho para desenvolver os meus talentos é me tornar atriz" e "vivi até hoje para me tornar atriz", e todas terminavam a redação pedindo uma oportunidade para mostrar o seu talento. Aoyama não conseguia entender como alguém que nunca havia atuado uma única vez na vida podia afirmar que tinha vocação para ser atriz. "Talvez ela apenas esteja insatisfeita com a situação atual. Mais do que estar deslumbrada com o mundo das atrizes, talvez o que ela realmente deseja seja a oportunidade de viver uma vida completamente diferente. Esse tipo de mulher não seria adequado para se tornar a minha companheira de vida. Dentre essas, há mulheres belíssimas, de cair o queixo, e algumas, inclusive, parecem possuir conhecimento de nível elevado em música, balé e línguas, mas só pelo fato de terem o desejo de 'ser atriz' já pode indicar que há algo de errado com elas e, se for assim, este plano em si está conceptualmente fadado ao fracasso". Remoendo essa dúvida, Aoyama folheava mecanicamente os currículos, quando ele achou *a* mulher.

Assami Yamassaki. "Assami" — assim estavam escritos os caracteres fonéticos sobre os ideogramas do nome dela. 24 anos. Um metro e sessenta e um centímetros de altura, peso (?) quilos, busto 82, cintura 54 e quadril 86. Local de nascimento: Distrito de Nakano, cidade de Tóquio. Trabalhou durante dois anos numa empresa de comércio exterior e atualmente está desempregada. Os pais estão bem de saúde. Seus hobbies são música e dança. Pratica balé clássico há doze anos. Habilidades principais: dançar, tocar piano e fazer doces.

"...Deixei a empresa e, quando pensava em me mudar para a Espanha, que é um lugar que sempre quis conhecer, escutei na rádio o anúncio sobre a audição. Não sei se posso me considerar uma atriz e, por isso, apesar de me inscrever, não tenho expectativa de ser selecionada. Porém, confesso que fiquei muito encantada com a história. A história de uma dançarina que machucou o quadril. Para falar a verdade, pratiquei balé durante muitos anos e, aos dezoito, machuquei o quadril. Não tinha a pretensão de ser a primeira bailarina, mas estava me preparando para um intercâmbio em Londres e, por isso, de uma hora para outra, me senti imersa em profunda escuridão. Acho que levei anos e anos para me recuperar. De um dia para outro, perdi aquilo que sempre foi a minha maior prioridade. Pode parecer exagero, mas acho que isso se assemelha à aceitação da morte. Por experiência própria, sei que viver é caminhar lentamente rumo à morte. Resolvi me inscrever porque a história desse filme realmente me tocou profundamente..."

Aoyama olhou a foto de Assami Yamassaki várias e várias vezes e releu inúmeras vezes a redação. A foto era simples, do tipo instantâneo, mas seu rosto, levemente voltado para baixo, olhava fixamente para a câmera. "Olhar intenso", observou Aoyama. Cabelos curtos, nariz arrebitado e lábios carnudos. "Algo nela lembra Ryōko", pensou Aoyama.

Por fim, foram selecionadas 31 candidatas para a entrevista. Aoyama voltou para a empresa e contou sobre a audição para alguns de seus subordinados. Obviamente, omitiu a intenção de encontrar uma parceira para se casar. A explicação foi sucinta e se limitou a dizer que um amigo, que trabalhou com ele em outra empresa, pediu emprestado o rascunho de um roteiro e que, possivelmente, Aoyama receberia os créditos de produtor, mas, para tranquilizar a equipe, disse que esse tipo de projeto não traria nenhum risco financeiro à empresa e deixou claro que, na hipótese de se realizar o filme, poderia entrar um cachê pelo rascunho do roteiro e que negociaria os direitos autorais. Ao explicar dessa forma, todos os funcionários concordaram, sem objeção.

Independentemente de ele estar conversando com os funcionários ou estar passeando com Gang, depois de ter voltado para casa, era Assami Yamassaki que ocupava o seu pensamento. Ele próprio não podia acreditar, mas já havia decidido que Assami Yamassaki era a sua escolhida. A razão de sua decisão não foi o brilho intenso daquele olhar, a aparência bonita nem o currículo de balé clássico de Assami Yamassaki, mas as palavras dela: *"...Pode parecer exagero, mas acho que isso se assemelha à aceitação da morte"*.

Gang, por hábito característico da raça beagle, gostava de cheirar tudo quanto é coisa e, por isso, ficava mais tempo cheirando do que propriamente caminhando. Geralmente, Aoyama perdia a paciência e puxava a coleira para forçá-lo a andar, mas naquele dia foi Gang que, numa rara ocorrência, precisou puxá-lo para continuar andando, porque o pensamento de Aoyama estava em Assami Yamassaki. Ele imaginou a seguinte cena: Após o jantar, Shiguehiko retira-se para o quarto e fica diante da tela do computador. Na sala de estar, onde se ouve de longe o discreto ruído do computador e o filho digitando no teclado, Aoyama está bebendo conhaque. Assami aparece ali depois de terminar de arrumar a cozinha com um copo em mãos e, sorrindo, senta-se no sofá para relaxar ao lado dele, coloca alguns cubos de gelo no copo e diz que também vai beber um pouquinho.

— Posso beber conhaque com gelo? O certo é beber o conhaque puro, não é?

— Não se preocupe com isso. Uma boa bebida é gostosa de qualquer jeito. Até mesmo misturada com Coca-Cola fica bom.

— Acho que o Shiguehiko me aprovou e isso me deixa tão feliz! Me lembro de quando eu tinha quinze anos e posso imaginar o quanto ele deve estar confuso, mas ele até me chamou de "mãe" sem se acanhar.

— Para falar a verdade, foi ele que me aconselhou a me casar de novo.

— Ah, mentira!

— É verdade. Ele passou por experiências muito ruins, mas no fim se tornou uma pessoa bondosa e capaz de pensar no próximo. Já comentei isso antes. Lembra daquela carta que você escreveu para concorrer à audição? Aquilo que você disse sobre "aceitação da morte" foi uma experiência pela qual todos nós passamos e, por isso, acho que tivemos essa sintonia rápida e espontânea de compreensão mútua, sem a necessidade de persuadir o outro com palavras, não acha?

Assami Yamassaki inclina um pouco o copo de conhaque e concorda meneando a cabeça... Essa era a cena que Aoyama imaginava quando, de repente, Gang puxou-o e trouxe-o de volta à realidade. Uma poodle fêmea passou perto dele e ele quis correr atrás. Gang olhou para Aoyama como quem diz: "Mas, afinal, o que há com o senhor hoje?". Aoyama reparou que ele próprio sorria, com os lábios levemente arqueados, quando percebeu que Gang o fitava. Só de pensar nela, sentia que os músculos do rosto relaxavam.

Aoyama ainda não sabia nada sobre essa mulher chamada Assami Yamassaki.

— Por favor, diga para a próxima candidata esperar um pouco. Vamos fazer um intervalo de cinco minutos, está bem? — disse Yoshikawa para a jovem funcionária na sala simples e sem graça onde, antigamente, Aoyama costumava participar de inúmeras reuniões. No primeiro dia, as entrevistas começaram a uma da tarde e Aoyama conheceu sete candidatas. Foram colocadas duas cadeiras no corredor de frente à sala de reunião e as candidatas eram entrevistadas em intervalos de dez minutos, mas como elas chegavam um pouco mais cedo do que o horário combinado, pedia-se para que aguardassem no corredor até serem chamadas. Quem recepcionava a candidata dizendo "A próxima, por favor!" era uma jovem funcionária.

— Nessas horas, a melhor coisa a fazer é deixar as candidatas apreensivas — era a opinião de Yoshikawa e, por isso, a recepcionista era a garota mais bonita da Seção 2 do Departamento

Comercial. Quem tirava a foto na câmera polaroide e fazia a gravação em vídeo era um subordinado de Yoshikawa e as entrevistas eram conduzidas apenas por Yoshikawa e Aoyama.

— O Yokota queria participar, mas eu não deixei. Uma terceira pessoa com a gente podia te deixar constrangido, não é?

— disse Yoshikawa antes de começar a entrevista, entregando para Aoyama a lista das candidatas editada em *wapro*.[4] Aoyama olhou a lista e concentrou sua atenção em um único nome, o de Assami Yamassaki. Ela era a décima sétima candidata e o horário previsto para entrevistá-la era às três e cinquenta da tarde. Quanto às outras garotas, ele não tinha nenhum interesse.

— Seria bom você também fazer alguma pergunta. Pode ser algo formal, está bem?

As mulheres entravam na sala tão nervosas que o tremor de seus ombros e dedos era perceptível e quando se curvavam para cumprimentar, abaixavam exageradamente a cabeça. A recepcionista indicava a cadeira e, antes de se sentar, a candidata abaixava novamente a cabeça em reverência. Talvez fosse proposital, mas todas as perguntas que Yoshikawa direcionava a elas eram extremamente objetivas.

Nome?

Idade?

Altura?

Já participou de algum filme ou já trabalhou na tv?

O que você costuma fazer nas horas vagas?

Costuma frequentar discotecas?

Assistiu a algum filme recentemente que achou interessante?

Qual é a sua atriz preferida? Pode ser alguém que você admira ou que considera como uma referência.

Se você tivesse dez milhões de ienes, em que gastaria?

---

4   Equipamento eletrônico destinado ao processamento de texto, composto de tela, teclado e alimentador de papel. Havia a versão para digitação em escrita ocidental e em língua japonesa e era possível gravar o texto em disco externo, fazer edições e imprimir. Foi amplamente difundido no Japão nas décadas de 1980 e 1990, mas foi substituído gradualmente por computador.

Qual é a marca da sua roupa?

Qual é o aspecto do qual mais se orgulha em si mesma?

Costuma frequentar restaurantes de *yakiniku*?[5]

Você pode dar um sorriso?

Fique em pé e ande pela sala.

Se você vencer a audição e o seu namorado for contra, o que vai fazer?

Tudo bem perguntar qual a profissão do seu pai?

Costuma ler livros? Qual o seu escritor predileto?

Lê jornal? Qual seção costuma ler primeiro?

Qual é o país que você tem mais vontade de conhecer?

Entre cão e gato, qual você mais gosta?

Qual é o tipo de homem que você mais detesta?

Que tipo de música você costuma escutar?

Você prefere Eagles ou Stones?

Também escuta música clássica?

Conhece os Três Tenores?

De quem você gosta mais: do Carreras, do Domingo ou do Pavarotti?

Você se lembra de algum sonho que viu recentemente?

Sofre de paralisia do sono?

Tem interesse em óvnis?

Você se acha bonita?

O que você queria ser quando era criança?

Qual a sua opinião sobre casamento e infidelidade?

O que você pede primeiro num restaurante de sushi?

Já pensou em trabalhar no ramo de *fūzoku*?[6]

E em boates?

Já teve vontade de experimentar alguma droga?

---

5   Literalmente, significa "carne grelhada". No passado, o termo foi usado para se referir ao estilo ocidental de cozimento da carne. Atualmente se refere ao estilo japonês de grelhar fatias de carne (normalmente bovina ou vísceras) sobre a chama de carvão ou gás e é também popularmente chamado de "churrasco japonês".

6   Indústria de entretenimento adulto que engloba uma variedade de serviços eróticos, porém sem a prática do ato sexual, pois a prostituição é oficialmente proibida no Japão.

— Por que só eu é que faço as perguntas? Não me diga que resolveu desistir! — Yoshikawa indagou sem conter uma certa irritação, então Aoyama achou melhor contar sobre Assami Yamassaki.

— Caramba! — exclamou Yoshikawa, esboçando um sorriso amarelo, e pegou o currículo e a redação de Assami para analisar com atenção. — É muito pouca coisa pra saber algo sobre ela. É arriscado você tomar uma decisão só com base nisso.

— Eu sei, mas não tenho interesse em nenhuma outra mulher. Fazer o quê?

— É a tal da intuição? Tem uma frase famosa que diz: "Acredite na intuição e deixe o universo conduzir você", não é?

— Quem disse isso?

— E eu vou lá saber? Só sei que você precisa juntar mais informações sobre ela e, também, conversar com o resto das candidatas. É pra isso que planejamos esta audição, certo?

Yoshikawa evitava dizer "parceira para se casar" para que o assistente de vídeo não descobrisse do que se tratava. Os únicos que sabiam o real objetivo da audição eram Yoshikawa e Aoyama.

— Mas realmente, essa Assami-*chan*[7] aqui tem mesmo um encanto misterioso.

Só o fato de Yoshikawa chamá-la de "Assami-*chan*", em tom de deboche, foi suficiente para deixar Aoyama com raiva.

— Yoshikawa, você sabe muito bem que eu estou falando sério.

— Seu idiota! Eu também estou levando isso a sério, sabia? Não dá para saber muito vendo a fotografia, mas não acho bom julgar uma pessoa apenas lendo uma redação.

— Eu acho que as palavras são sinceras e têm um poder. Se fossem copiadas de algum lugar, seria fácil perceber, não é?

— Entendi. Pode deixar que eu também vou prestar atenção nela, está bem? — disse Yoshikawa, abaixando a voz. — Mas, por favor, faça algumas perguntas para as outras garotas. Afinal, tivemos todo esse trabalho pra arranjar isso tudo, desde a rádio FM até essas entrevistas, sabe?

---

7 /*chan*/ (pronuncia-se /*tian*/) é sufixo que indica afeto e intimidade.

— Entendi — disse Aoyama.

Várias mulheres se apresentaram. Uma era formada em literatura francesa pela universidade nacional e morou durante três anos em Paris, trabalhando na equipe de projetos de uma empresa. Retornou ao Japão, tornou-se designer de moda, abriu uma loja em Los Angeles, morou três anos em Malibu e, farta disso tudo, agora, com 28 anos, dedicava-se a fazer livros ilustrados. Ela vestia uma roupa tecida com cânhamo de tons primários que disse ser de autoria de um estilista marroquino e tinha o corpo de uma modelo de passarela. Praticou balé clássico. Na entrevista, disse que somente ela seria capaz de interpretar um papel tão sensível como aquele. "Eu não seria capaz de lidar com uma mulher dessas", pensou Aoyama. Uma outra mulher tinha 23 anos e um currículo com atuação em mais de trinta vídeos pornôs, duas tentativas de suicídio frustradas, três internações em hospital psiquiátrico e, atualmente, era instrutora de ioga. Ela exibiu as cicatrizes no pulso esquerdo como se fossem tesouros. Algumas moças estavam acompanhadas de seus empresários. Um deles, assim que entrou na sala, prostrou-se no chão em reverência a Yoshikawa e Aoyama e suplicou: "Por favor, nos dê uma chance. Estamos apostando todas as fichas nesta audição". A candidata seguinte disse que possuía poderes espirituais e, para provar o seu dom, quis a todo custo adivinhar os espíritos protetores de Yoshikawa e Aoyama. Segundo essa garota, o protetor de Yoshikawa era um esquilo voador e o de Aoyama era um pintor que teve uma morte prematura. Também houve candidatas que queriam exibir suas habilidades na dança e uma delas começou a tirar a roupa no meio da coreografia. Aoyama tentou impedi-la, mas Yoshikawa deixou que continuasse. No fim, ela ficou nua no meio da sala e, na hora de ir embora, disse que se sentia aliviada. Teve também uma garota com menos de vinte anos que contou demoradamente os detalhes de sua vida sexual. Houve também algumas mulheres na faixa dos trinta. Uma delas veio de avião da província de Hokkaido especialmente para participar da audição.

"Eu sou a rainha das discotecas de Sapporo", disse ela, toda orgulhosa. "Desde pequena, os homens viviam me paparicando e sempre achei que isso era normal. Sempre me esforcei para ser uma mulher atraente e, por consequência, quando eu vou às discotecas, os homens me rodeiam, mas nunca entrego o meu corpo ou o meu coração para nenhum deles. Afinal, sou uma atriz. É claro que ainda não ganhei o papel, mas a minha alma já é de atriz". Uma mulher disse que resolveu ser atriz porque o marido pediu divórcio após descobrir que ela o traía. Uma outra — que disse que havia posado nua em várias revistas, mas que isso não lhe proporcionava nenhuma satisfação e, por isso, havia se inscrito para a audição como último recurso — tirou a roupa e ficou de biquíni sem que lhe fosse solicitada. Uma das candidatas trouxe um rádio cassete e começou a cantar. Teve também uma enfermeira, teve uma poetisa, teve uma vocalista de uma banda, teve uma amante de um idoso de setenta anos, teve uma professora de jardim de infância, teve uma mestiça de japonês com negro, teve uma garota que era baliza de banda e teve uma atleta de ginástica rítmica.

E, exatamente às três e cinquenta da tarde, Assami Yamassaki entrou na sala de reunião.

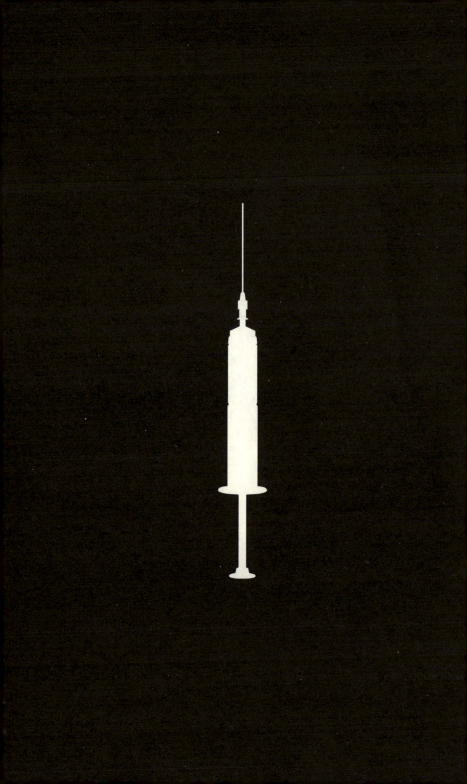

RYŪ MURAKAMI

4

— A próxima candidata, por favor.

Após esse anúncio da funcionária mais bonita da Seção 2 do Departamento Comercial, Assami Yamassaki entrou na sala. Quando ela atravessou o recinto caminhando rente à parede branca e sem graça, parou em frente à mesa, fez uma reverência discreta e se sentou na cadeira, Aoyama teve uma nítida sensação de que algo estranho e terrível estava para acontecer ao seu redor. Isso o fez lembrar-se daquelas cenas de TV em que o visitante número 50 mil ou 100 mil de algum parque de diversões ou de alguma exposição é repentinamente colocado sob os holofotes para ser entrevistado, rodeado de câmeras e microfones. Uma sensação como se ele estivesse vivendo sua vida cotidiana, e que a tão esperada felicidade chegasse até ele para atacá-lo. E essa felicidade era como centenas de milhares de peças de quebra-cabeça levitando no espaço sem gravidade. E num determinado momento, tal qual um milagre, elas se encaixassem para formar uma figura. Era uma sensação difícil de ser expressada em palavras. Era como se tivesse uma comichão na região do quadril, e ele ouvia a voz da razão fazendo ecoar o refrão: "Tem algo de estranho acontecendo. Isso é loucura! Não podia estar acontecendo algo assim. Afinal, quando é que todas essas coisas foram armadas?". Aos poucos, essas repetições foram perdendo a força e logo o prazer daquela comichão foi superando os refrãos da voz da razão.

Assami Yamassaki era muito mais bonita pessoalmente do que na foto anexada ao currículo. Quando ela sorriu levemente e, acanhada, abaixou a cabeça, Aoyama foi envolto por uma felicidade arrebatadora, como se os seus ouvidos tivessem estalado e ele escutasse uma melodia tocando. Sentiu que era até estranho que a música não estivesse tocando de verdade. Se fosse num filme, nesse momento começaria a tocar a suave trilha sonora. E, como que se sobrepondo ao close dela, a melodia das cordas aumentaria o volume gradativamente até atingir o ápice. Como é que a recepcionista conseguia se manter calma? Diante de uma beldade como Assami Yamassaki, o normal não seria sentir vergonha de si própria a ponto de desmaiar ou desabar-se no chão...?

— Você é Assami Yamassaki? — ao escutar a voz de Yoshikawa, Aoyama voltou à realidade.

— Sim. Sou Assami Yamassaki — ela repetiu o seu nome. "A voz dela é extraordinária", pensou Aoyama. Yoshikawa também deve ter pensado a mesma coisa e olhou de relance para Aoyama como quem diz: "Caramba". Era uma voz que parecia entrar pelos ouvidos e enroscar-se pegajosamente nos nervos da nuca ao pescoço. Não era uma voz aguda nem rouca ou baixa. O tom de sua voz era normal, mas a extensão do timbre era suave e metálica.

— Você se candidatou após escutar a rádio, certo? — indagou Yoshikawa, ligeiramente nervoso.

— Sim.

Aoyama observava o rosto de Assami Yamassaki quase que de frente. Seu cabelo tinha um comprimento médio e estava amarrado para trás, de modo simples.

Os cabelos sedosos e brilhantes não estavam amarrados com perfeição, mas nem por isso causavam a impressão de desleixo. Assami Yamassaki parecia ter a pele muito fina. Era por isso que, apesar de o rosto não ter uma estrutura chamativa, as múltiplas expressões faciais causavam uma forte impressão. Parecia que a distância da alma, do coração e coisas do tipo até a pele do rosto era extremamente pequena.

— Você já trabalhou na TV ou fez algum filme?

Quando Yoshikawa fez essa pergunta, ela respondeu que não, abanando a cabeça.

— Recebi alguns convites, mas no fim acabava não dando certo.

— Por que não dava certo?

— Acho que o maior obstáculo é não ter filiação com nenhuma agência.

— Então não tem nenhuma agência, certo?

— Não. Não tenho. Antigamente, quando cursava a faculdade técnica, um caça-talentos — é assim que chama? — veio falar comigo quando eu caminhava pela cidade. Sei que eu não devia, mas fui com ele até a agência de talentos que, na verdade, era especializada em filmes pornôs e não gostei daquilo. Acho que é por isso que fiquei com uma imagem ruim de agências.

— Então, você é que faz tudo sozinha?

— Não exatamente. A princípio, tem uma pessoa que trabalha em uma gravadora que é como um agente pessoal, mas, ultimamente, não tenho contato com ele.

— Qual gravadora?

— A Victor.

— Pode me dizer o nome desse seu agente pessoal?

— Ele é diretor da Seção 2 de Músicas Japonesas e o sobrenome dele é Shibata.

— Sei que é indelicado perguntar isso, mas depois de se formar e deixar o emprego, você está fazendo bico ou algo do tipo para se sustentar?

— Eu ajudo no negócio de uma amiga, três vezes por semana.

— Posso saber em que tipo de negócio você trabalha?

— É um barzinho chamado "Peixe de Pedra" que fica em Guinza. O lugar é pequeno e só tem um balcão. A dona do bar é uma pessoa que estudou há muito tempo comigo na turma de impostação de voz.

— Você costuma beber?

— Dentro do normal.

— Me desculpe pela pergunta indiscreta, mas é possível viver fazendo bico somente três vezes por semana?

— Tenho alguns amigos estilistas e, de vez em quando, eles me chamam para tirar fotos como modelo.

— Modelo?

— É lógico que não é para nenhuma revista importante, mas para catálogos de vendas por correspondência, encartes de jornais e esse tipo de coisa.

— Entendi. Você mora em Suguinami, certo? Peço novamente desculpas por perguntar sobre assuntos pessoais, mas é que nós não temos ideia de como é o estilo de vida de uma mulher jovem como você. Se não quiser falar, tudo bem, mas essa Casa Prima aqui seria um apartamento de luxo? Porque fico imaginando quanto seria necessário para se sustentar. Sabe, ultimamente, tem muitas garotas esbanjando dinheiro e a gente não consegue entender, não é? Quando vejo uma garota com uma bolsa que custa centena de milhares de ienes, fico pensando que tipo de vida ela leva.

Yoshikawa olhou para Aoyama como quem diz: "Essa pergunta eu fiz pensando em você".

— Eu também não sei dizer.

Assami Yamassaki olhou para Yoshikawa e para Aoyama alternadamente e respondeu com um tom de voz firme, sem prologar artificialmente as últimas sílabas das palavras ou abusar de expressões do tipo "hã...", "e então", ou "mas então". "Mas está um pouco nervosa", pensou Aoyama. "Parece que a sua voz está tremendo, apesar de ser bem sutil. Mas por que será que consigo perceber isso?".

— Não sei ao certo, mas acho que as garotas que têm bolsas e joias caras trabalham no ramo de *fūzoku*. No meu caso, moro num apartamento de um quarto só e o aluguel custa um pouco mais de setenta mil ienes. Não costumo sair muito e não tenho nenhum hobby caro, por isso, bem, um orçamento de cento e cinquenta mil ienes é um pouco apertado, mas com duzentos mil posso até comprar um CD e algum livro que eu queira ler.

— E o que seria um hobby caro? — era a primeira vez que Aoyama perguntava algo. A voz dele também tremia um pouco. Assim que terminou de falar, ficou preocupado se a pergunta não havia sido tosca, mas assim que Assami Yamassaki abriu um sorriso discreto, esse receio desapareceu.

— Conheço uma garota que cria peixes tropicais e comprou um aquário enorme à prestação e, por isso, trabalha de tarde e de noite. Conheço também uma garota que gosta de colecionar taças de vinho. Para poder comprar as taças importadas, daquelas bonitas, sabe, ela trabalha como operadora de *wapro*, mas como é um trabalho que ela faz em casa, disse que está dormindo cada vez menos.

"Faz sentido", pensou Aoyama. Antigamente, não havia peixes tropicais, taças de vinho ou coisas assim à mão. Hoje em dia, basta andar pela cidade para encontrar nas vitrines produtos originais de luxo, como roupas, joias e até animais de estimação que, com um pouco de sacrifício, podemos adquiri-los. Se uma dessas coisas for do nosso agrado, chega-se a gastar um valor exorbitante, pois é difícil conseguir controlar o desejo, pensava Aoyama, enquanto apreciava a voz agradável de Assami Yamassaki. Uma voz suave e metálica que chegava enroscando nos ouvidos e que o fazia imaginar o toque de seus dedos finos e de sua língua úmida na pele.

— Que tipo de livro você lê? — Yoshikawa continuou com as perguntas.

— Gosto de ler romances estrangeiros de mistério, mas não tenho um autor favorito. Como posso explicar? Não é que eu goste de viajar, mas gosto das capitais, de cidades estrangeiras. Os livros de mistério e de espionagem costumam descrever em detalhes a parte em que o protagonista anda pelas ruas da cidade, não é mesmo? É disso que gosto.

— Quais cidades gostaria de conhecer?

— Como nunca fui para nenhum desses lugares, acho que poderia ser qualquer um. De fora do Japão, só conheço o Havaí, e acho que a cidade de Honolulu não é tão exótica assim, não é? Talvez Marrocos, Turquia, ou algum desses países pequenos da Europa. Acho que poderia ser qualquer lugar.

Quando citou os nomes de países como Marrocos e Turquia, Assami Yamassaki levantou o rosto e seu olhar parecia contemplar algo distante. Aoyama percebeu que, sem querer, imaginava estar com ela caminhando pelas saudosas ruas de pedras daquela pequena cidade interiorana da Alemanha. A estação do ano é a primavera ou o início do verão. Flores pequeninas pendem do beiral dos telhados das casas. Os dois estão apreciando o canto das cotovias sobrevoando o céu e, olhando para as águas do rio que refletem o brilho brando do sol, eles caminham, de braços dados, por uma estrada de paralelepípedos muito, muito antiga. "Isso, eu morei alguns meses aqui. Eu frequentava a igreja, visitava a casa dessa organista para conversar. Só tinha isso para fazer o dia inteiro, eu ia dormir cedo, então os dias eram bem monótonos. Mas foi só depois que fui perceber como foi maravilhoso viver assim. A vida era bela e calma, sabe? Como é que eu explico isso? Eu sei que pode soar meio pedante, mas eu estava só, entende? Foi naquela época que eu entendi que, no Japão, por mais que a gente esteja sozinho, a gente nunca se sente realmente só, não é? Mas quando você fica ali, quando você vive por muito tempo no meio de pessoas com a cor da pele e a cor dos olhos diferentes da sua e você não consegue se comunicar direito, aquela solidão que você sente do nada estando em meio às pessoas chega até os ossos. Foi então que prometi a mim mesmo que um dia, com certeza, voltaria a este lugar com companhia e, caminhando de braços dados exatamente como estamos fazendo agora, contaria essa história de como eu me senti sozinho. Mas eu nunca imaginei que isso se concretizaria de forma tão ideal. É por isso que eu acho que estou sonhando...". Essa imagem criada por sua mente era incrivelmente encantadora. O coração de Aoyama batia tão forte que várias vezes ele precisou respirar fundo discretamente. "Vou perguntar alguma coisa", pensou. Se ficasse ali devaneando, só admirando o rosto de Assami Yamassaki, não conseguiria se desprender de sua doce imaginação. E essa seria uma pergunta substancial, algo que Yoshikawa estava tentando evitar até então.

— Você escreveu na sua redação que deixou o emprego e que está pensando em ir à Espanha, não é?

— Sim.

— Está pensando em se mudar para lá?

— Eu tenho uma amiga em Madri. Ela estudou balé comigo. Foi uma ideia que passou pela minha cabeça e ainda não comecei a fazer os preparativos para isso nem nada, então, ainda não sei se realmente quero ir ou não — ao dizer isso, Assami Yamassaki olhou para baixo e seus olhos ganharam ares de melancolia. E Aoyama, ao notar essa expressão, engoliu em seco. Havia algo ali que o fez sentir um calafrio.

— Posso te perguntar sobre o balé? — indagou Aoyama, um tanto apreensivo.

— Sim — Assami Yamassaki voltou a olhar para Aoyama.

— Você escreveu que machucou o quadril...

— Isso mesmo.

— Deve ter sido muito difícil desistir de algo a que você se dedicou por tanto tempo, não é? Ah, se não quiser tocar nesse assunto, não precisa.

— Não tem problema. Hoje eu creio que consigo falar disso normalmente... acho — e, após dizer "acho", Assami Yamassaki esboçou um sorriso triste. E esse sorriso também provocou calafrios em Aoyama. Um sorriso melancólico, como se toda a sua força de vontade fosse tragada ali e o fizesse perder as palavras, sentimentos e até a própria consciência.

— Sei que é indelicado da minha parte dizer isso, mas você escreveu na redação algo como "perder aquilo que sempre foi a maior prioridade é parecido com a aceitação da morte". Acho que era isso.

— Sim, foi isso mesmo que escrevi.

Assami Yamassaki fitou Aoyama com uma expressão que denotava uma certa apreensão em relação ao que ele poderia comentar a respeito disso. "É um olhar irresistível", Aoyama pensou. "Se estivéssemos a sós, próximos um do outro, e ela me contasse algum detalhe íntimo com um olhar desses, tenho certeza de que eu não conseguiria manter a calma."

— Suas palavras me emocionaram — disse Aoyama. Assami Yamassaki exclamou bem baixinho e arregalou os olhos.

— Acho que todo mundo, de um jeito ou de outro, já passou por esse tipo de experiência. Quando algo é destruído e não pode mais voltar a ser como antes, não importa o que se faça, você descobre que de nada adianta ficar se debatendo por isso. Sou da opinião de que, para continuar a viver, precisamos aceitar isso, e a ferida é a aceitação desse fato. E é por isso que fiquei surpreso pelo fato de você — que, com todo o respeito, é uma mulher tão jovem — escrever uma metáfora tão certeira como "aceitação da morte". Sei que vai soar estranho, mas me fez pensar que você é uma pessoa que sempre levou e continua levando a vida a sério.

Yoshikawa cutucou a coxa de Aoyama com o dedo, assim que ele terminou de falar. Aoyama entendeu esse gesto como quem diz: "Olha só quem fala!". Assami Yamassaki inspirou bem fundo e em seguida exalou o ar que estava em seus pulmões.

— Sofri por tanto tempo, que achei que nunca chegaria ao fim. Ainda não encontrei nada que substitua o balé. Gasto todas as minhas energias só para conseguir chegar até o fim do dia. Meus pais e meus amigos diziam que o tempo seria capaz de curar essa ferida, e eu também acreditava nisso, e até queria entrar em hibernação para o tempo passar mais rápido, mas, no fim, era como se o tique-taque do ponteiro do relógio estivesse me afrontando, fazendo com que até mesmo ficar parada, sem fazer nada, me causasse dor. Não acha que desistir de algo, ou melhor dizendo, que a morte é a coisa mais terrível que há neste mundo? Foi por isso que achei que eram atos semelhantes.

— Então, o que achou? — Aoyama perguntou para Yoshikawa, assim que Assami Yamassaki deixou a sala de reunião. Yoshikawa havia acabado de avisar à funcionária que fariam um intervalo de quinze minutos.

— Pergunta difícil, hein! — disse Yoshikawa, pegando do bolso um maço fechado de Lark Mild. Em um gesto lento, pôs um cigarro entre os dedos e acendeu.

— Ela provoca um nervosismo estranho na gente. Faz tempo que não acontece de eu ficar com vontade de fumar depois de conversar com uma mulher — disse Yoshikawa, olhando para Aoyama, e, suspirando, acendeu o cigarro. — Você tá caidinho por ela. Francamente, olha as coisas que você fala. Quando você disse: "Me fez pensar que você é uma pessoa que sempre levou e continua levando a vida a sério", confesso que fiquei de queixo caído. Isso não é coisa que se fale em uma entrevista.

— Eu realmente pensei isso — disse Aoyama. — Fazia muito tempo que não pensava assim em relação a alguém jovem, independentemente de ser mulher. Ela, com certeza, é uma pessoa séria, mas algo nela me intriga.

— Te intriga?

— Pois é, mas não sei exatamente o quê.

O resto das audições foram extremamente monótonas. Yoshikawa, cansado e com raiva de Aoyama — que estava visivelmente entediado — fumou todo o maço de Lark Mild. A única coisa que Aoyama pensava naquele momento era como fazer para se encontrar com Assami Yamassaki da próxima vez, a sós.

Aoyama voltou para casa uma hora mais cedo do que de costume. Ele pegou emprestado o vídeo 8 mm da gravação da audição e queria assisti-lo sozinho o mais rápido possível. Rie, a empregada, estava na cozinha preparando o jantar e, por isso, ele provavelmente só poderia se encontrar com a Assami Yamassaki do vídeo depois do jantar. Shiguehiko ainda não tinha voltado da escola. Eram seis da tarde e, diferentemente da época do ginásio, agora Shiguehiko costumava voltar só depois das sete. Assim que chegava em casa, a primeira coisa que Shiguehiko fazia era avançar na comida como um leão faminto. Portanto, Aoyama estava certo de que assistiria ao vídeo só depois que o filho tivesse terminado de jantar.

Assim que as coisas evoluíssem um pouco mais, ele mostraria o vídeo ao filho e também o apresentaria a Assami Yamassaki.

— Shigue-*chan* está demorando, não? — indagou Rie, voltando-se para Aoyama enquanto cortava as batatas. — Os dias estão mais curtos e, às cinco e meia, já está escuro. Ele bem que podia voltar um pouco mais cedo, não acha?

Aoyama lia o jornal vespertino na mesa da cozinha. Ryōko havia dado uns retoques na cozinha da família Aoyama aos poucos para que ficasse do seu jeito e, por isso, além de ser bem funcional, o ambiente era muito aconchegante. Durante o dia, ficar na cozinha era mais confortável do que ficar sentado no sofá da sala de estar. Ryōko havia dado atenção especial à iluminação. Tanto a porta que ligava a cozinha ao jardim quanto as janelas da bancada eram folhas inteiriças de vidro e, por isso, comparada aos demais ambientes da casa, a cozinha era o cômodo com maior incidência de raio solar.

— Não se preocupe, na idade dele, ele precisa sair com os colegas e fazer as coisas dele.

— É que, ultimamente, parece que tem tido muitos casos de extorsão, sabia? Quando estou voltando para casa, tento andar por onde é mais iluminado, na medida do possível. Em lugares como parques escuros sempre tem uns estudantes do ginásio ou do colegial que ficam aglomerados e dá medo passar por eles.

— Eu disse para ele que é para sair correndo se alguém tentar extorqui-lo. Pode não parecer, mas ele é um garoto esperto.

— Eu sei que ele é esperto, mas, do jeito que as coisas estão hoje em dia, com essa facilidade de acesso às armas, parece que qualquer um pode comprar um revólver da China ou da Rússia. Eu morro de medo!

— Também já conversei com ele sobre isso, sra. Rie. Vou dar um exemplo. A molecada dessa idade, quando encontra uma garota bonita no trem, fica procurando por ela na plataforma no dia seguinte e, às vezes, não se importa de ficar esperando por uma hora só para poder reencontrá-la. A vida desses garotos não é nada fácil.

— Se for por causa de algo divertido assim, tudo bem.

Rie estava preparando um guisado de molho cremoso. Os pratos que ela costumava preparar eram, em sua maioria, ensopados, guisados ou cozidos que são servidos na caçarola, pois eram pratos que podiam ser facilmente levados de novo ao fogo para requentar e ser servidos logo em seguida. Às vezes, era Aoyama quem preparava o jantar. Ele havia decidido que, pelo menos a hora do jantar, ele passaria sempre com Shiguehiko. Toda vez que Rie se afastava da bancada e ia em direção à geladeira, Gang avistava-a e latia do outro lado da porta. O cão estava queixando-se de fome para ela, já que era Rie quem sempre preparava sua comida.

Aoyama imaginou Assami Yamassaki na cozinha e Gang latindo para ela. Ele imaginou até a cor e o formato do avental que ela estaria usando. No começo, Gang ficaria desconfiado por ela ser uma pessoa desconhecida e latiria para ela. Mas, passados uns três meses, o latido seria outro. Seria um tipo de latido que é voltado à pessoa que o alimenta. Comparado aos últimos sete anos, três meses são como um piscar de olhos...

Shiguehiko voltou para casa às sete e pouco, dizendo que estava morrendo de fome. Comentou, assistindo aos noticiários da tv, como os políticos japoneses haviam mergulhado na podridão, e, após repetir quatro pratos de guisado, logo se retirou para o quarto dizendo que queria testar um programa de computador que havia pegado emprestado de um amigo.

Aoyama percebeu que havia algo mais importante do que assistir ao vídeo. Ele precisava dar um jeito de se encontrar sozinho com Assami Yamassaki. E, quanto antes, melhor. Aoyama estava pensando se deveria contar-lhe a verdade. Yoshikawa, com certeza, seria contra. Afinal, não podia dizer que a audição só foi realizada para que ele pudesse encontrar alguém com quem se casar. Então, será que o melhor não seria falar com franqueza o que sentiu quando leu a redação dela e a impressão que teve ao entrevistá-la? Mesmo que o meio usado para propiciar o encontro tivesse sido um tanto questionável, não havia nenhuma falsidade no fato de que o encontro havia causado um impacto nele... e, ao pensar nisso, sentiu o coração bater mais forte.

Ele tinha o telefone de Assami Yamassaki. Agora era pouco depois das oito horas e, até dali a uma hora, mais ou menos, talvez ele ainda pudesse ligar para uma jovem mulher que vive sozinha sem que fosse indecoroso.

Ao sentar-se no sofá da sala e pegar o telefone sem fio, seu coração foi tomado por uma estranha palpitação — como no dia em que viu a garota que gostava na plataforma de trem, na época do ginásio. "Não consigo", murmurou, pegando o conhaque da estante e, em seguida, vertendo-o no copo. O conhaque que ele escolheu era, ainda por cima, o mais caro dentre as garrafas da estante, um autêntico Cognac Grande Champagne. "Não posso ficar muito bêbado", pensou Aoyama, e decidiu que, às oito e meia em ponto, pressionaria as teclas do telefone.

Às oito e meia, Assami Yamassaki estava em seu apartamento e atendeu no primeiro toque. "Pois não?", disse, em um tom de voz bem mais baixo do que na audição, o que fez Aoyama imaginar que talvez ela estivesse cochilando.

— Alô? É o Aoyama, o produtor, nós nos encontramos hoje na entrevista.

Assim que Aoyama identificou-se, a voz de Assami Yamassaki mudou.

— Ah, sim, muito obrigada por hoje — mudou para aquela voz suave e metálica que havia ouvido na sala de reunião. A voz dela era mesmo tão encantadora que Aoyama logo esqueceu a abrupta mudança na fala dela e, segurando o peito de tanto nervosismo, esforçou-se para manter a entonação a mais neutra possível e mencionou o motivo da ligação.

— Gostaria de saber um pouco mais da sua história. Será que poderíamos nos encontrar? O Yoshikawa, aquele que estava sentado ao meu lado hoje, não vai e, para evitar qualquer mal-entendido, pensei em marcar um almoço.

— Sim, claro. Agradeço o convite.

— Quando fica melhor para você?

— Qualquer dia. Estou livre todos os dias no horário do almoço.

— Então, que tal quinta-feira, depois de amanhã, por volta de uma da tarde?

— Está bem.

— Bom, o local é... — Aoyama disse o nome de uma cafeteria que ficava num dos hotéis arranha-céus do bairro de Akasaka e desligou o telefone, sentindo que estava no paraíso.

Aoyama recebeu uma ligação de Yoshikawa logo em seguida, quando desfrutava, animado, a quarta dose de conhaque.

— Desculpa te telefonar a essa hora, mas tem uma coisa que me deixou intrigado.

— Tudo bem, não tem problema — respondeu Aoyama, com uma voz que denotava uma alegria que ele próprio achou excessiva.

— Então, não quero que pense que estou desconfiado, mas, depois da entrevista, liguei lá na Victor. Bem, pode não ser nada de mais ou só algum equívoco da parte dela, mas não tem ninguém chamado Shibata na Seção 2 de Música Japonesa.

— O quê? — Aoyama, que estava sob o efeito do conhaque, ficou por um instante sem saber do que o amigo estava falando.

— Pra ser mais exato, ele não está mais lá. O diretor chamado Hiroshi Shibata faleceu há um ano e meio.

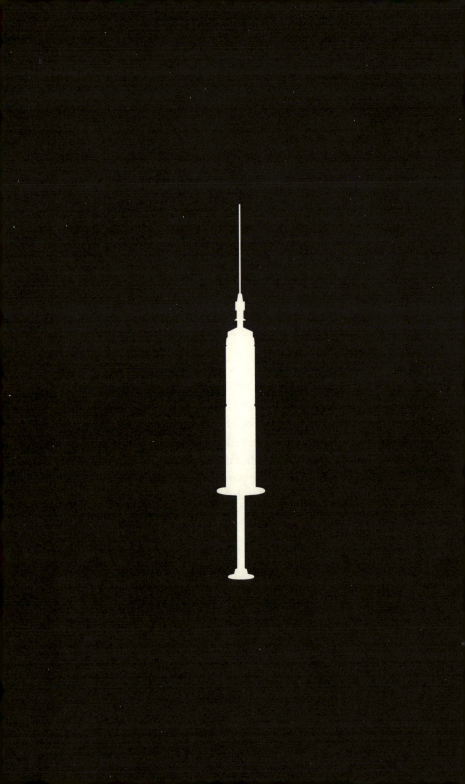

RYŪ MURAKAMI

5

Aoyama acabou chegando na cafeteria quarenta minutos antes do horário marcado. Ela ficava no andar do saguão de um hotel em arranha-céu de Akasaka e a reserva da mesa foi realizada no dia anterior, mas ainda é uma da tarde. O plano era almoçar no restaurante que ficava no último andar, cuja reserva para sentar-se à mesa ao lado da janela estava marcada para uma e meia. "Será que um restaurante no último andar de um prédio não seria sem graça demais? Talvez ela ache mais descolado se fôssemos beliscar sushi ou petiscar um *nabe*[1] em um restaurante de comida japonesa do subsolo. Em vez de um restaurante de hotel, talvez seja mais interessante sairmos à rua e irmos a um bistrô ou uma trattoria requintada ou a um restaurante ocidental com menu degustação." Aoyama só pensava nessas coisas. Ele havia ido à firma ontem, e hoje de manhã também, mas não conseguiu concentrar-se no trabalho. Os funcionários estranharam, pois era a primeira vez que o viam desse jeito, como se estivesse perdido em pensamentos e, preocupados, alguns até perguntaram: "O senhor está passando mal? Não seria melhor procurar um médico e fazer um check-up?".

---

1   *Nabe* ou *nabemono* refere-se a uma variedade de pratos da culinária japonesa, normalmente ensopados, que são cozidos e servidos em uma caçarola posta sobre a mesa e dividida entre os convidados.

A cafeteria estava cheia por ser horário de almoço e ainda faltavam quarenta minutos até o horário reservado quando Aoyama chegou. Por isso, ele acabou tendo de esperar em pé próximo à entrada, em meio às pessoas que aguardavam uma mesa. Ele olhou ao redor dentro do hotel para verificar se Assami Yamassaki não estava por perto. Ele certificou-se de que, de algum lugar do hotel, Assami Yamassaki não o estava vendo parado ali com ar de perdido. Um homem de meia-idade que acabou chegando muito cedo ao local do encontro e que está parado ali, agitado e ansioso.

— Escuta aqui, agora não tem mais jeito, mas vê se fica esperto e não cai na lábia dela, está bem? Não sabemos nada de concreto sobre ela, mas tem alguma coisa estranha com ela, é a minha intuição que tá falando. Ela pode até não ter mentido, mas convenhamos que é muito esquisito dizer o nome de um diretor que morreu há um ano e meio, não acha? Parece que ele morreu de doença cardíaca, mas se o Shibata era mesmo o agente pessoal dela, não tem como ela não saber que ele morreu, não é? — foi o que Yoshikawa comentou no telefonema de anteontem. Aoyama não conseguia entender o motivo de Yoshikawa desconfiar de Assami Yamassaki só porque o diretor de uma gravadora, que fazia o papel de agência de talentos havia morrido. Aoyama não percebeu que já tinha perdido o senso de prudência. "Ela deve ter se enganado por estar nervosa, mas, de qualquer forma, essas coisas de agência ou de agente pessoal não me parecem ser relevantes", comentou Aoyama. Yoshikawa fez-lhe uma breve advertência antes de desligar o telefone.

— Não baixe a guarda, está bem?

Aoyama foi conduzido à mesa e pediu um chá gelado assim que se sentou. A cafeteria não só tinha calefação, mas a mesa em que ele estava também ficava ao lado da parede de vidro por onde, naquele dia, incidiam intensos raios solares que faziam sua pele ficar encharcada de suor sob o paletó que vestia. Além disso, Aoyama estava tão nervoso que a sua garganta estava completamente seca. Ao observar as demais mesas, a primeira coisa que lhe chamou a atenção foram os grupos de mulheres de meia-idade.

Eram grupos de vários tamanhos, que aparentavam ser de ex-
-colegas de escola, membros de algum clube esportivo ou de um
curso de extensão cultural e turistas do interior. As conversas
entre elas eram quase um uníssono e, por isso, o vozerio era extremamente inconveniente. Havia também algumas mesas com
vendedores externos em seus almoços de negócio. Esses homens
tinham aparência e paletó condizentes com a refeição no valor
de dois mil ienes que consumiam. Aoyama bebeu em um só gole
quase a metade do chá gelado que lhe foi servido. Ele estava ab-
sorto, imaginando que os vendedores que passam anos fechando
negócios almoçando refeições que custam dois mil ienes acabam
ficando com a feição indefinida, tal qual um prato de dois mil ienes, que não era nada sofisticado mas também não chegava a ser
lamentável, quando Assami Yamassaki apareceu na entrada da
cafeteria. Naquele instante, o coração de Aoyama disparou, e ele
percebeu que tudo que havia pensado em falar e a sequência que
havia ensaiado tinham desaparecido da sua mente. "Que coisa",
pensou Aoyama. "Quem diria, com quarenta e dois anos ficar
desse jeito!" Assami Yamassaki deu uma olhada ao redor e, ao
ver Aoyama, sorriu e caminhou em sua direção, desviando das
garçonetes e dos ajudantes que circulavam pelo salão carregando bandejas. Ela estava com o cabelo preso para trás, como no
dia da audição, e vestia algo que não era muito chamativo nem
discreto demais a ponto de se mimetizar ao ambiente: um vestido de malha azul-marinho, uma echarpe laranja, uma jaqueta
de camurça sobre os ombros, meia-calça preta e um par de es-
carpins castanho-claros. Era o vestuário exemplar de alguém que
sabia o que lhe caía bem. E o jeito de ela se vestir também era,
com certeza, o exemplo de alguém que sabia que a sua beleza se
destacava da maioria.

— Desculpe-me pelo atraso — disse Assami Yamassaki, sen-
tando-se de frente a Aoyama. Os raios solares que atravessavam
as cortinas de renda iluminavam o perfil de seu rosto. Aoyama
notou que ela era mil vezes mais bonita do que quando a viu
pela primeira vez naquela sala de reunião sem graça e com péssima iluminação.

— Não se preocupe. Eu é que cheguei antes do horário combinado. É que o meu escritório fica aqui perto — respondeu Aoyama, sem conseguir olhar diretamente para ela. Na verdade, ele não sabia para onde olhar enquanto conversava com ela. "O que está acontecendo comigo? Estou agindo como um menino no colegial. Meu filho não pode me ver desse jeito", pensou, e toda vez que tentava fitá-la, era tomado por um estranho estado de tensão, como se coração e estômago se misturassem de repente, deixando-o com falta de ar, e então ele desistia de olhar para o rosto dela. Mas, por outro lado, se ele conversasse com ela sem olhá-la, ela poderia desconfiar de sua índole e achar que ele não passava de um tarado enrustido.

— Estou contente em rever o senhor.

Assami Yamassaki pediu uma limonada e sorriu para Aoyama, inclinando levemente o rosto de traços marcantes e ar melancólico. Suas bochechas estavam levemente ruborizadas por causa do sol que batia no seu rosto, e também porque ela provavelmente teve que andar rápido para não se atrasar. Aoyama recordou-se do que sentiu na audição: que havia uma ínfima distância entre a alma e a pele de Assami. A expressão facial dela revelava um forte apelo persuasivo, ou seja, quando sorria, parecia que dava para ver até a alma dela — provavelmente feliz — transparecendo na pele fina e alva de seu rosto. Aoyama decidiu fitar os olhos dela por alguns segundos quando começasse a falar, e logo depois desviar o olhar. Precisava se cuidar para não mover muito os olhos de um lado para outro. Com a mão esquerda segurando a ponta do queixo, pensou: "Acho que é a primeira vez na vida que me sinto tão revigorado, apesar de o meu corpo estar exausto de tanto nervosismo e tensão".

— Bom, não se preocupe, hoje não vou te fazer nenhuma pergunta específica nem nada, pode relaxar — disse Aoyama, mas, no fundo, ele pensava: "Ora, sou eu quem preciso relaxar!". Assami Yamassaki respondeu: "Está bem", e assentiu com a sua voz de sempre, que não era muito baixa, nem rouca e tampouco estridente, mas uma voz que parecia agarrar-se aos nervos, uma voz que parecia ter umidade própria.

— Queria conversar com você, bem, bater um papo, falar sobre várias coisas enquanto almoçamos. Pensei no restaurante que fica no último andar daqui. A especialidade deles é carne, tudo bem para você?

— Sim. Eu como de tudo.

As palmas das mãos de Aoyama estavam encharcadas de suor. No exato momento em que ele limpava discretamente as mãos na altura do joelho da calça, aconteceu uma coisa muito estranha. Um rapaz cadeirante entrou na cafeteria acompanhado de uma mulher que empurrava a cadeira de rodas e que parecia ser a mãe dele. O jovem passou do lado da mesa de Aoyama, vindo de trás de Assami Yamassaki. Ele conversava animadamente com essa senhora e, de relance, olhou para o rosto de Assami Yamassaki. Nesse instante, seu sorriso congelou e ele quase se levantou da cadeira. A mulher que parecia ser a sua mãe olhou para o rapaz e para a Assami Yamassaki alternadamente e disse algo ao rapaz, como se perguntasse o que tinha acontecido. O rosto do rapaz estava completamente pálido, mas ele balançou a cabeça várias e várias vezes, num gesto que parecia dizer que não era nada, e a cadeira de rodas voltou a avançar até o fundo do estabelecimento. Ele envergou as costas como alguém que estivesse com medo e evitava a todo custo olhar para a direção de Aoyama e Assami Yamassaki. Enquanto isso, a expressão de Assami Yamassaki permanecia completamente inalterada.

— É algum conhecido seu? — perguntou Aoyama, mas Assami Yamassaki balançou a cabeça e respondeu que não. O jeito como ela balançou a cabeça era como se dissesse que não tinha ideia de quem era o rapaz e que não entendia o porquê de ele ter agido daquele jeito esquisito quando a viu. "Bem, ele deve tê-la confundido com outra pessoa", pensou Aoyama. Ele continuava sem saber praticamente nada sobre a Assami Yamassaki e não fazia questão de saber. Tampouco se lembrava do conselho de Yoshikawa para não baixar a guarda.

— Sem dúvida, esta é a carne mais saborosa que comi na minha vida. É mesmo deliciosa!

No restaurante do último andar, comeram patê de pombo de entrada, e de prato principal, um filé de Kobe à chateaubriand. Para acompanhar a refeição, Aoyama escolheu meia garrafa de vinho tinto da Borgonha. Assami Yamassaki bebeu silenciosamente o vinho em pequenos goles, conversou com espontaneidade agradável e comeu tudo que lhe foi servido, sem deixar nada no prato. Aoyama, menos tenso devido ao efeito do vinho, apreciava tudo isso com satisfação. "É a primeira mulher que me faz apreciar tudo nela: o jeito de conversar, os assuntos das conversas, o modo de beber, os modos de usar os talheres para cortar a carne... enfim, tudo", pensou Aoyama.

— Será que entendi direito? Hoje estamos aqui para desfrutar essa refeição deliciosa e só ficar conversando?

— Isso mesmo.

— Eu sei que é presunção da minha parte dizer isso, mas que sorte a minha, não é?

— Se é assim que você pensa, fico feliz.

— Costuma vir sempre neste restaurante?

— Não muito, mas como é que posso explicar? Acho que este lugar possui um quesito fundamental se comparado a outros restaurantes.

— O que seria um quesito fundamental?

— Muitos restaurantes têm como chamariz uma vista panorâmica espetacular, um ambiente bem decorado, localização privilegiada, e o que considero mais importante, que é o sabor, costuma ficar em segundo plano.

— É mesmo?

— Mas aqui é diferente. Este restaurante se esforça em oferecer uma carne deliciosa de forma bem descontraída.

— Isso explica porque é tão saborosa.

— Sim, com certeza.

— A maioria das pessoas que costuma frequentar esse tipo de restaurante são pessoas importantes, não é?

— Pessoas importantes?

— É, eu diria que são pessoas com status.

— Você quer dizer... pessoas ricas?

— Sim. Pessoas que têm dinheiro e têm poder também.

— O fato de eu frequentar restaurantes como este não significa que sou uma pessoa importante. Nem sempre uma pessoa rica é uma pessoa importante.

— Fui criada tendo uma vida simples em uma casa modesta e meu pai também era um simples funcionário de uma empresa. Quando íamos passear no shopping ou, vez por outra, viajar para algum lugar, sempre comíamos em restaurantes de macarrão *soba* ou alguma rede de restaurante familiar e, por isso, eu pensava que restaurantes chiques assim, como os que vemos em revistas, fossem frequentados somente por pessoas importantes.

— Será? O Japão se tornou um país de ricos de um jeito esquisito. Estamos comendo coisas que, antigamente, só podíamos ver em fotos, mas isso não é muito motivo para se orgulhar. Sei que é estranho dizer isso porque fui eu mesmo que escolhi comer aqui, mas, na minha opinião, eu combino mais com restaurantes de *soba*. Não há dúvidas de que a carne daqui é ótima, mas toda vez que estou em um lugar como este não posso deixar de pensar que este lugar não é para mim.

— Desculpe-me se eu estiver sendo grossa por falar isso, mas...

— O que foi?

— É a primeira vez que vejo alguém dizer esse tipo de coisa.

— É mesmo? O que quer dizer?

— Eu tive bem pouco contato com o meio artístico, quero dizer, o mundo dos filmes e da TV, mas ninguém nunca falou dessas coisas como o senhor. Não sei explicar direito, mas, se for para falar de um jeito bem simples, são todos muito arrogantes.

— Bem, mas pode ser que essas pessoas sejam honestas e eu é que seja implicante. Na verdade, para mim também é a primeira vez que encontro uma pessoa como você.

— Primeira vez? Como assim?

— Bem, você ainda é o que chamam de aspirante a atriz, certo? Posso até estar sendo grosso por falar isso, mas as garotas assim estão acostumadas com este tipo de lugar. Hoje em dia, comparado com antigamente, temos muitas aspirantes a atrizes, não é? Elas costumam atuar como repórteres ou assistentes de programas de TV, aparecem em propagandas, em ensaios de revistas e até em vídeos pornôs. A quantidade de trabalho disponível para elas com certeza aumentou. E com isso, as agências de talentos também aumentaram demais, mas trabalho de atriz mesmo, quero dizer, os filmes, tiveram uma redução drástica em relação a antigamente. Em outras palavras, quase não temos atrizes de verdade, mas o número de aspirantes a atriz aumentou de modo espantoso. E na mesma proporção que isso acontece, surge um bando de homens que fica em volta delas. Muitas das garotas que ficam como aspirantes a atrizes por bastante tempo perdem a inocência e não percebem que — como é que se diz? — ficam corrompidas, egocêntricas e começam a ter uma aura de quem acha que é obrigação alguém pagar a conta de um restaurante caro para elas ou que um homem tente conquistá-las. Eu trabalho mais na produção de documentários e propagandas do que em filmes e, por isso, não tenho contato frequente com essas aspirantes a atrizes, mas ainda assim vejo muitas garotas que têm essa ganância — não sei se essa é a palavra certa —, que perderam a inocência e ficam com o olhar cheio de cobiça.

— Ah, acho que entendo o que quer dizer. É realmente perigoso ficar assim.

— Mas você é diferente, Yamassaki-*san*.[2] Você não tem nem um pouco dessa cobiça.

— Verdade? Se for, fico lisonjeada.

Fazia muito tempo, realmente, que Aoyama não desfrutava um almoço tão prazeroso com uma mulher. Ele achou que Assami Yamassaki era uma mulher mais sincera e modesta do

---

2   /*san*/ é um sufixo que indica um certo grau de respeito.

que imaginava. Mas em especial, foi o que Assami Yamassaki disse a ele ao sair do restaurante que deixou Aoyama completamente fascinado.

— Sei que corro o risco de o senhor me considerar uma abusada, e talvez não aceite se eu lhe pedir isso, mas é que sempre tive que fazer tudo sozinha e também não tenho ninguém para pedir conselhos. Eu não cheguei a conhecer pessoalmente o diretor da Victor, que era meio que meu agente pessoal, os negócios eram tratados por intermediários. Por isso, hoje, conversando com o senhor, fiquei o tempo todo pensando como seria bom se eu pudesse lhe pedir conselhos de vez em quando, mas só quando o senhor realmente tiver um tempo livre. Prometo tomar o cuidado de jamais importuná-lo. É claro que podemos nos encontrar em qualquer lugar, seja num restaurante de *soba* ou algum restaurante familiar, ou até mesmo conversar por telefone. Mas, se for por telefone, aguardarei a sua ligação para não ser inconveniente. De verdade, não conheço nenhum homem adulto com quem eu possa conversar com sinceridade.

Depois de sair do restaurante, ainda no hall de elevadores, Aoyama entregou para Assami Yamassaki seu cartão de visita com seu número de telefone. Ela tomou o cartão em mãos como se o abraçasse e agradeceu-lhe dizendo que não havia nada que a fizesse mais feliz. "Eu digo o mesmo", pensou Aoyama. Naquele momento, ele se sentiu capaz de atravessar a janela de vidro do hall onde estavam e sair sobrevoando com leveza as ruas da cidade de Tóquio, que se estendiam sob a sua vista.

— Estou admirado! Hoje em dia é raro encontrar jovens tão sinceras e de bom caráter como ela — disse Aoyama ao ligar para Yoshikawa, assim que voltou ao escritório. Procurou, na medida do possível, contar com exatidão tudo que ele e Assami Yamassaki haviam conversado no restaurante. Aoyama conseguiu lembrar praticamente tudo que disseram. Ele pôde notar que sua própria voz estava alterada e tensa enquanto explicava tudo a Yoshikawa.

— Ela é modesta em todos os sentidos, de verdade, e, por isso, acho que não serve para ser atriz, mas ela fala com segurança.

— É mesmo? — Yoshikawa respondeu, com uma voz indiferente. — Desculpa ter de lhe jogar um balde de água fria, mas tem mesmo algo de muito estranho nessa garota. Você por acaso não contou pra ela o verdadeiro objetivo da audição, não é?

— Claro que não — respondeu Aoyama, sentindo-se um tanto irritado com Yoshikawa. "Não tem jeito. Yoshikawa não tem como saber, já que não almoçou com ela. Talvez ele esteja com ciúmes. No fundo, ele não deve estar contente de eu ter encontrado uma mulher muito mais perfeita do que eu tinha imaginado", pensou.

— Soube de mais uma coisa sobre o Shibata, diretor da Victor. No fim da década de 1970, ele lançou muitas músicas de sucesso e conquistou um certo grau de credibilidade no meio musical, mas há muitos boatos ruins sobre ele quando o assunto é mulher. Não é nenhuma novidade um diretor de uma gravadora agenciar, ou seja, gerenciar a carreira de alguma cantora ou atriz, e muito menos é novidade que um diretor ou produtor se aproveite delas, não é? Mas no caso do Shibata, soube que nos últimos sete, oito anos, após perder praticamente todo o seu prestígio, ele continuava o agenciamento apenas como pretexto para fisgar novas garotas, e isso causava muito incômodo à empresa. Bem, esse tipo de gente existe em qualquer empresa. Mas e então? Conseguiu perguntar pra ela sobre o Shibata?

— Lógico que consegui. Escute, Yoshikawa, quero que preste bastante atenção no que vou te dizer, está bem? Parece que o contato foi feito por intermédio de um amigo e ela não chegou a conhecer esse tal de Shibata pessoalmente.

— É mesmo?

— Se o fraco dele era rabo de saia, devia ter várias garotas do meio artístico de quem ele era agente pessoal, não é?

— Tem razão.

— Mas ela não tinha contato direto com ele, por isso não sabia que ele tinha morrido. Como o próprio nome diz, ele era agente pessoal, então outras pessoas não deviam saber da relação entre ela e Shibata...

Yoshikawa soltou um "Humpf!" que não se dava para saber se era uma resposta ou uma risada. Aoyama sentiu a raiva por Yoshikawa crescer dentro de si. A expressão "se aproveite delas" deixou-o particularmente irritado. Só de imaginar um homem arrogante de meia-idade, com a pele do rosto oleosa, pousar as mãos sobre os ombros de Assami Yamassaki, sorrir e sussurrar coisas do tipo: "Entendeu?", "Muito bem, boa garota!", Aoyama ficava com uma sensação tão ruim que o estômago parecia se contorcer.

— Tem mais uma coisa — disse Yoshikawa, com frieza na voz. — A família dela não mora mais em Suguinami, faz dois anos que se mudou. Pedi para uma funcionária checar os contatos, inclusive por causa da seleção final, mas não conseguimos localizá-la.

— Mudanças são comuns, não? — indagou Aoyama, irritado. — Por que você insiste em procurar defeitos nela...?

— Pode ser, mas nem o proprietário soube dizer para onde eles se mudaram. É que, no caso de mudança, é de praxe informar o novo endereço para que as encomendas e correspondências possam ser encaminhadas, não é? Não fizeram isso.

— Deve ter tido alguma razão para não terem feito isso.

— Pode ser — respondeu Yoshikawa, ainda ressabiado.

— Yoshikawa, entendo perfeitamente a sua preocupação, mas eu já me decidi. Para falar a verdade, não estou mais nem aí com o filme e nenhuma outra mulher me interessa mais.

— Espera um pouco!

— Sei que não se deve deixar as coisas pela metade, por isso me diga o que eu preciso fazer. Ah, é! O rascunho do roteiro para o filme. Que tal eu te passar de graça os direitos do roteiro daquele documentário que eu fiz tempos atrás? Eu falei "de graça", mas pode deixar que eu me encarrego de conseguir a autorização dos produtores alemães. Olha, eu já alcancei o meu objetivo e ele foi muito além do que eu esperava e, por isso, queria que você ficasse mais feliz por mim. Eu não sinto mais motivação pelo filme em si e, portanto, quero me desligar da produção dele. Você me entende, não é?

Yoshikawa manteve-se em silêncio durante um bom tempo e, após pigarrear algumas vezes e deixar escapar suspiros profundos, disse com um tom de voz ainda mais indiferente:

— Quer saber? Para mim também tanto faz fazer o filme ou não, mas quero que me ouça com calma. Sobre o filme, não se preocupe que eu resolvo por aqui. O que realmente me preocupa é você. Pode ser que você tenha razão sobre a questão desse tal de diretor Shibata e da família dela, que se mudou e não sabemos do seu paradeiro. Pode não ter nenhum problema, não deve ser nada, mas eu sinto que tem coisa aí. Entende o que eu digo? Estou tentando te dizer que, atualmente, não tem ninguém que possa afirmar que conhece essa mulher chamada Assami Yamassaki. Sim, pode até ser que eu esteja fazendo tempestade num copo d'água e que esteja me intrometendo onde não fui chamado e, pra ser sincero, como um homem de meia-idade igual a você, não nego que estou com um pouco de inveja de você conseguir uma mulher tão bonita. Você entende? Estou sendo sincero e sensato.

— Sei disso — respondeu Aoyama. No momento em que ele proferiu as palavras "sei disso", lembrou-se daquele estranho acontecimento com o rapaz da cadeira de rodas na cafeteria durante o encontro com Assami Yamassaki. Mas o mecanismo de defesa psicológica de Aoyama já havia sido dominado pela sensação de intensa satisfação que Assami Yamassaki lhe proporcionara. Os momentos que esteve com Assami Yamassaki foram tão bons, acima de suas expectativas, que a avaliação dela havia sido decidida por esse prazer. Aoyama bloqueava automaticamente quaisquer suspeitas em relação a ela, e ele próprio não percebia estar fazendo isso. E, por isso, o incidente do rapaz da cadeira de rodas foi logo eliminado de sua memória. As advertências de Yoshikawa também praticamente não entravam na sua cabeça.

— Então, não sei exatamente o que me preocupa, mas estou desconfiado. Você está com a cabeça nas nuvens, mas isso não é tão ruim assim. É verdade. Não estou sendo irônico. A vida é feita para se divertir, mas a vida não é tão simples assim, essa é a minha visão. E uma mulher daquelas estar intocada até hoje e, ainda por cima, ter um caráter tão bom que possa ser considerada quase perfeita, é bom demais para ser verdade. O que também me intriga é não saber o endereço dela. Não é que eu estou com medo disso dar em algum escândalo nem nada, mas quero que me escute. Você passou o seu cartão para ela, não é? O meu instinto diz que ela vai te telefonar e, caso ela te ligue, tenha cuidado. Prometa que, durante uma semana, você não vai entrar em contato com ela, está bem?

Uma semana se passou, mas nada de Assami Yamassaki telefonar. Por ordem de Yoshikawa, Aoyama não ligou para ela durante mais uma semana. Mais do que respeitar a opinião de Yoshikawa, a verdade é que ficou com vergonha de ferir sua própria masculinidade ligando para ela logo de cara. Mas durante todo esse período, Aoyama não conseguiu parar de pensar nela, o que fez com que seus funcionários, Shiguehiko e até Rie lhe perguntassem:

— Está se sentindo bem?

Aoyama perdeu três quilos.

No 15º dia, com a permissão de Yoshikawa, ele telefonou para Assami Yamassaki.

— Ah, que bom que ligou. Achei que não ia mais me ligar — a voz de Assami Yamassaki ao telefone era de derreter o coração.

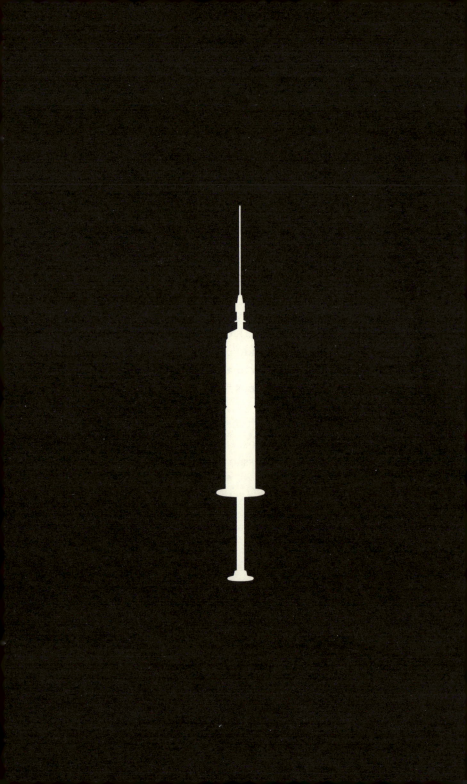

6

RYŪ MURAKAMI

— Sei que posso soar irritante por dizer isso, mas confesso que aguardei ansiosamente a sua ligação.

Era como se o som de cada palavra atravessasse o fone em forma de partículas, fosse captado pelos ouvidos e, ao adentrar o cérebro, se entrelaçasse aos neurônios. "Por que é que eu fui dar ouvidos ao Yoshikawa e fiz ela esperar a minha ligação por duas semanas? Essa mulher ficou todo esse tempo esperando o meu contato", pensou Aoyama, que sentiu uma dormência irradiar-se pela espinha, como se tivesse bebido um vinho ou conhaque gostoso e um prazer agradável penetrasse lentamente nas entranhas de seu corpo. Ao imaginar Assami Yamassaki na madrugada, sozinha, sentada abraçando os joelhos e aguardando ansiosamente o telefone tocar, Aoyama sentiu o peito doer.

— Estive ocupado e estava difícil te ligar — disse Aoyama que, em vez de vibrar as cordas vocais, precisou espremer a voz para que saísse da garganta.

— Eu sei. Imaginei que estivesse ocupado. Além disso, não entendo nada sobre seu trabalho.

Aoyama não conseguia encontrar as palavras para se expressar. Se, naquele exato momento, Assami Yamassaki estivesse diante dele, ele certamente lhe daria um abraço.

— E então? Está tudo bem com você? — indagou Aoyama, ciente do clichê estúpido que acabara de usar para iniciar a conversa.

— Estou sim, na medida do possível.

— Espero que me perdoe por não ter te ligado antes.

— Não precisa se desculpar. Só o fato de estarmos conversando já está ótimo! — disse Assami Yamassaki e permaneceu em silêncio por um breve momento, enquanto o som da sua respiração escapava pelo fone. — Será que você poderia me ligar novamente, quando der?

— Eu te dei o meu cartão, não é? Você também pode me ligar na empresa.

— Posso? De verdade?

— Pode sim. E o que você acha de sairmos de novo para comer algo?

— Adoraria!

— Quais noites você tem livre?

— Não trabalho nas noites de segunda, quarta, sábado e domingo.

— Então, que tal na quarta da semana que vem?

— Por mim, tudo bem. Mal posso esperar pela quarta.

Depois de desligar o telefone, Aoyama respirou fundo várias vezes. Ele sentiu os músculos das bochechas amolecidos. A voz e as palavras de Assami Yamassaki ecoavam ininterruptamente em sua mente.

— Pai, aconteceu alguma coisa? — perguntou Shiguehiko, enquanto jantavam assistindo a um jogo da NBA na TV, na véspera do segundo encontro de Aoyama com Assami Yamassaki. Rie deixou preparado uma sopa de legumes, cozido de carne com batata e bolinho *shûmai* de camarão. Na NBA, o Chicago Bulls enfrentava o Orlando Magic.

— Como assim aconteceu algo? O que você quer dizer?

Aoyama segurava o copo de cerveja na mão esquerda, o *hashi* com a direita, e os olhos estavam grudados na tela da TV. Havia pelo menos um minuto que a cerveja estava esquecida, sem diminuir a quantidade dentro do copo, e o bolinho *shûmai* já estava frio e ameaçava cair da ponta do *hashi*. Seus olhos estavam voltados para a TV, mas não acompanhavam as performances de

Michael Jordan e Penny Hardaway. Em outras palavras, Aoyama estava distraído porque a única coisa em que ele conseguia pensar era tão somente na Assami Yamassaki.

— É que você não tá prestando atenção no jogo. Parece que tá no mundo da lua.

— Ah, é? — "Que vacilo", pensou Aoyama, e tratou de comer o *shûmai*.

— Você tá muito estranho! Ficou um tempão segurando o *shûmai* com o *hashi* e olhando pro nada. Não é melhor ir ao médico, não?

— Não se preocupe! Não estou doente.

— Muitas vezes nem a própria pessoa percebe que tá com problema. Eu assisti *Tempo de Despertar* com Robert de Niro e *Rain Man* com Dustin Hoffman outro dia e o jeito como você ficou "paradão" é muito parecido com o que vi nesses filmes. Eu tenho certeza que é doença. Tem doença de tudo quanto é tipo, inclusive uma que transforma o cérebro em esponja.

— Esponja?

— Então, como é que chama mesmo? Demência senil? É, é isso. Se eu não me engano, é tipo um vírus que se chama Príon, ou alguma coisa assim e que devora o cérebro. E aí o seu cérebro fica que nem uma pedra-pomes ou uma esponja. É sinistro.

— Está sabendo, hein?

— Já te falei antes, não falei? Eu até que curto biologia e tal. Então, que tal procurar um médico?

— Se eu for a um hospital, os médicos conseguem curar essa demência senil ou sei lá como é que chama?

— Com a medicina atual, eu acho difícil.

— Se for assim, então não adianta de nada eu ir procurar um médico.

— Precisa ir, sim. Eu ainda tô no primeiro colegial, e se você ficar que nem o Leonard ou o *Rain Man*, saiba que não vou ter tempo de ficar cuidando de você.

Aoyama começou a rir ao ver a expressão séria de Shiguehiko quando disse isso. Aoyama bebeu um gole de cerveja e pensou se devia contar para o filho ou não. Afinal, mais dia menos dia, ele teria de contar. Na TV, os Bulls aumentavam a liderança no placar. Dennis Rodman, com os cabelos tingidos de verde, pegou o rebote, Michael Jordan entrou com vigor na zona do adversário, atraiu para si três jogadores da defesa e deu o passe para Scottie Pippen, que enterrou a bola na cesta. Havia a possibilidade de Assami Yamassaki se juntar à mesa com eles. Ele precisava contar a Shiguehiko, e isso era apenas uma questão de tempo e, talvez, esse fosse o momento ideal para falar disso. "Se não contar agora, vou ter de mentir a Shiguehiko sobre o encontro de amanhã", pensou Aoyama, e começou dizendo:

— Tenho uma coisa séria para te falar.

Em vez de dizer que a conheceu na audição, falou que se conheceram no trabalho. Shiguehiko parou de comer e prestou atenção com uma expressão apreensiva no rosto.

— Quantos anos ela tem? — indagou Shiguehiko, depois que o pai terminou de contar a maior parte da história.

— Acho que ela deve ter uns 24 anos.

— Ela é nova ainda.

— É, ela ainda é nova.

— A idade dela é mais próxima da minha do que da sua. Isso não vai dar problema, não? E ela é bonita?

— O que você quer dizer com "isso não vai dar problema"?

— Será que você não tá sendo enganado?

— Eu já falei que acabei de conhecê-la. Ficamos de jantar amanhã e é a terceira vez que vamos nos ver pessoalmente.

— Pode ter a Yakuza envolvida nisso aí. É melhor tomar cuidado com as mulheres de hoje em dia. Eu não consigo nem acompanhar a conversa das garotas da minha sala, sabia? Essas meninas de quinze anos que andam por aí sabem de tudo. São bem diferentes das moças da sua época, pai.

— Você acha que não faço sucesso entre as mulheres, não é?

— Não, não é isso! É que agora você tá em estado de demência, pai. Eu fico observando as garotas da minha sala e elas até que são bem espertinhas e bem antenadas. Tem hora que eu nem entendo do que elas estão falando. Outro dia, expulsaram uma garota do segundo ano porque descobriram que ela trabalhava num clube de sadomasoquismo. E é por isso que, apesar de línguas diferentes acabarem formando uma barreira e tal, eu estou pensando seriamente em casar com uma mulher bem bonita e dócil lá do Cazaquistão ou de algum lugar assim.

— Cazaquistão?

— Lá tá cheio de mulher linda e de bom caráter, sabia?

— Você também andou pensando bastante, não é?

— Um tempo atrás, eu comentei que só tinha mulher feia na minha sala e você disse que mulheres bonitas são como besouros-veado ou besouros-rinoceronte, lembra?

— Lembro.

— Acho que uma mulher bonita e de bom caráter é mil vezes mais rara do que um besouro-veado. Deve ser difícil de achar que nem um gato-de-iriomote, uma salamandra-gigante-do--japão ou uma íbis-do-japão.

Na TV, Magic Mike iniciava seu contra-ataque. Hardaway fez três cestas consecutivas de três pontos.

Aoyama disse:

— Em breve, quero apresentar vocês dois.

Shiguehiko respondeu, sem alterar a expressão séria do rosto:

— Acho que eu consigo avaliar ela melhor do que você, pai, não só porque a gente é próximo de idade, mas também porque agora você está em estado de demência.

O ponto de encontro era naquela mesma cafeteria do hotel, às seis da tarde. Aoyama chegou vinte minutos antes, e Assami Yamassaki, cinco minutos antes. Seu cabelo estava preso num firme rabo de cavalo e ela vestia um suéter de malha leve de gola alta, pantalonas bem confortáveis e, na mão esquerda, segurava uma jaqueta de couro. Aoyama achou que o jeito de ela se vestir era impecável e adequado para sair de noite. Como era de se esperar, Aoyama estava com a cabeça nas nuvens, mas, mentalmente, repetia várias vezes que precisava obter informações sobre a vida pessoal dela, como havia pensado em fazer, depois da conversa que teve com Shiguehiko. O jantar seria regado a bebida, por isso ele achou melhor perguntar antes. Aoyama não achava que ela estivesse sendo acobertada pela Yakuza e, se tivesse mesmo envolvimento com alguma organização, ele tinha muitos amigos que seriam capazes de tratar dessa questão, a começar por Yoshikawa. Porém, conversar com Shiguehiko fez com que tomasse consciência de que era um homem de meia-idade. "Eu não tenho dúvidas de que estou apaixonado por ela e isso é claro não só para mim, mas como também para as outras pessoas que estão ao meu redor. Ela ficou feliz com a minha ligação e ela sempre aparece bem-vestida e com um sorriso nos lábios para os nossos encontros. Não creio que eu esteja sendo enganado, mas é possível que o objetivo dela seja diferente do meu, ou seja, que ela não me veja como homem, mas apenas como alguém com quem ela possa contar, um conselheiro", Aoyama pensou no dia anterior, num breve instante de clareza.

— Eu pedi uma cerveja. O que você quer beber?

Ela sentou-se à mesa, olhou para baixo e, timidamente, abriu um sorriso. Era a atitude de quem estava muito contente e, ao mesmo tempo, muito sem graça de não conseguir disfarçar a alegria que sentia. "Se aquilo for uma encenação", pensou Aoyama, "ela é um gênio!"

— Cerveja, por favor — disse, voltando os olhos para baixo novamente e, ao balançar levemente a cabeça, riu.

— O que foi? — indagou Aoyama, pensando em como era agradável o som daquele riso.

— Estou feliz por podermos nos encontrar novamente porque sinceramente achei que não o veria nunca mais... Desculpe-me pela empolgação.

A cerveja foi trazida e, assim que brindaram, Aoyama começou a falar de um assunto que estava martelando em sua mente há um tempo.

— Fiz uma reserva num restaurante italiano, mas como ele é bem popular, vive lotado e só consegui uma mesa para as sete e meia. Dá para aguentar a fome até lá?

— Sim, não se preocupe.

— E a sua família... Está tudo bem com eles?

Assim que Assami Yamassaki ouviu a pergunta, o sorriso desapareceu de seu rosto e seus lábios ficaram tensos. Aoyama lembrou-se da fala de Yoshikawa assim que viu a reação dela: "Pode ser que você tenha razão sobre a questão desse tal de diretor Shibata e da família dela, que se mudou e não sabemos do seu paradeiro. Pode não ter nenhum problema, não deve ser nada, mas eu sinto que tem coisa aí. Entende o que eu digo? Estou tentando te dizer que, atualmente, não tem ninguém que possa afirmar que conhece essa mulher chamada Assami Yamassaki...". "Será que vou desmascarar tão rápido a mentira da mulher dos meus sonhos, que nem tive tempo de beijar, aliás, de quem sequer peguei a mão? Se só de dizer a palavra 'família' ela ficou tensa desse jeito, será que, afinal, eu estava mesmo sendo enganado?", pensou.

— Não quero esconder nada do senhor. Vou contar tudo.

Aoyama ficou apreensivo ao ouvir Assami Yamassaki dizer isso com o rosto pálido. Seu coração batia tão rápida e intensamente que ele achou que dava para vê-lo palpitar por baixo do terno. Ele não conseguia enxergar mais nada ao seu redor.

— Quando eu era pequena, confesso que eu não lembro de nada, mas... Os meus pais se divorciaram e a família do meu tio, irmão mais novo da minha mãe, é que passou a tomar conta de mim. A única coisa que lembro dessa época é que eu realmente sofri muitos maus-tratos. Parece que a esposa do meu tio era desse tipo de gente. O que vou contar agora é uma história lamentavelmente triste e desagradável e creio que o senhor não vai gostar de escutar, mas é tudo verdade, então, por favor, espero que escute com paciência. Eu já tive pneumonia por ter de tomar banho de ofurô frio no inverno, já cortei o pescoço porque minha cabeça foi socada contra a janela e já tive fraturas no ombro depois de ser empurrada escada abaixo. Quando eu era criança, eu sempre estava com algum machucado. Quando estava para entrar no primário, o médico que me examinou ficou preocupado e disse que, se continuasse daquele jeito, eu iria morrer e fez com que eu fosse morar com a minha mãe, que já tinha se casado novamente. Na casa da minha mãe, o homem com quem ela vivia... Ah, teoricamente, seria o meu pai, mas acabo chamando assim porque, mesmo hoje, não o considero como pai. Eu sei que isso é errado, mas realmente não consigo... — Assami Yamassaki fez uma pequena pausa.

Era como se estivesse esperando juntar energias para continuar a falar. O teor da conversa era tão inesperado que o coração de Aoyama palpitava cada vez mais rápido.

— Eu não tive mais machucados depois disso, mas o homem com quem minha mãe se casou disse claramente para mim: "Não gosto de você. Só de ver a sua cara, sinto a comida azedar. Quando olho para você, fico com tanta raiva que tenho vontade de te matar. E olha esse fedor! Vai pra outro cômodo!". Eu passei a comer em um cômodo diferente, depois de voltar da escola e na hora de dormir também ficava em outro cômodo. Eu me incomodava com isso, mas me lembro de ter pensado que fosse assim mesmo, que a vida era assim. Minha mãe nunca tentou me proteger e jamais pediu desculpas por eu ter de passar por isso. Pensando bem, é estranho, mas a minha salvação foi a minha mãe não ter me pedido desculpas e como posso dizer? Isso me tornou uma pessoa forte, ou melhor, eu precisava me tornar uma pessoa forte. Não sei lhe explicar direito, mas se minha mãe tivesse me pedido desculpas acho que eu teria sofrido muito, muito mais. Só não sei o porquê disso. Hoje em dia, ainda mantenho contato com ela e de vez em quando tomamos chá juntas. Há muito tempo, a minha mãe, bem, ela gosta muito de tomar umas e outras e, certo dia, quando saímos para beber, ela me contou que a mãe dela, ou seja, a minha avó, também gostava de beber e se divorciou sete vezes. Minha mãe disse que queria ter outro tipo de vida, mas segundo ela, isso não foi possível.

Os olhos de Assami Yamassaki se encheram de lágrimas e Aoyama sentiu um aperto no peito. Não era no sentido metafórico. Ele realmente sentiu como se um colete invisível ou algo parecido o estivesse apertando. Assami Yamassaki mordeu os lábios e, quando as lágrimas pararam de cair, retomou a história.

— Segundo a minha mãe, por mais que quisesse ter uma vida diferente da mãe dela, ela não tinha forças para mudar. Ela me disse que se eu fosse capaz de ser amável com outras pessoas, isso se tornaria a minha força, e foi por isso que ela me aconselhou: "Assami, dê um jeito para conquistar essa força". Mas ela não soube me dizer como se faz para conquistar essa força. Ela só me disse que, de todas as pessoas que ela conheceu ao longo da vida, as pessoas fortes que conseguiam ser gentis com os outros eram aquelas que tinham algum tipo de vocação. A pessoa com quem ela se casou pela segunda vez tinha uma pequena deficiência na perna, e, não sei por quê, mas desde pequena sempre andei rápido e, segundo a minha mãe, pode ter sido por isso que ele não gostava de mim.

Por ora, Assami Yamassaki parecia ter terminado sua confissão. Aoyama respirou fundo várias vezes, cuidando para que ela não notasse. "Então, era isso", pensou, e percebeu que, por dentro, sentia-se aliviado. A mãe e o segundo marido provavelmente moravam naquele apartamento em Suguinami e, no registro civil, eles constavam como os pais dela. Mas como não convivia com eles, talvez por isso ela não soubesse que haviam se mudado e nem se importava com isso...

— E é por isso que, no nosso último encontro, eu acabei mentindo. Aquilo que disse sobre como costumávamos almoçar em família somente em restaurantes de *soba* ou redes de restaurante familiar era mentira. Nunca fomos comer fora. Como eu acabei de dizer, o marido da minha mãe tinha problemas de locomoção e, por isso, era complicado sair de casa e, enfim, nunca nem tive uma refeição junto com eles. Ah! Com a minha mãe eu saí para comer algumas vezes. O senhor tem sido gentil comigo e, mesmo assim, eu menti quando almoçamos juntos pela primeira vez. Sei que isso é imperdoável. Se quiser que eu vá embora, por favor, é só dizer.

Assami Yamassaki olhou para Aoyama tentando conter as lágrimas prestes a cair. Aoyama procurou desesperadamente as palavras que devia dizer.

— Não quero que vá embora — ele optou por ser sincero, respondendo sem floreios. — Eu não via a hora de te encontrar. Escutar a sua história não me fez mudar de ideia.

Assim que Aoyama disse isso, Assami Yamassaki assentiu, abaixando a cabeça profundamente, e começou a chorar em silêncio.

— Só tem uma coisa que não entendi.

Aoyama esperou até que Assami Yamassaki parasse de chorar e, depois que deixaram a cafeteria do hotel, perguntou enquanto estavam no táxi indo ao restaurante em Nishi-Azabu.

— Pode perguntar o que quiser. Mesmo que eu morra, não vou mais mentir para o senhor.

Aparentemente mais tranquila por ter contado tudo, Assami Yamassaki estava sentada com o seu corpo levemente inclinado para o lado de Aoyama. Era estranho, mas a apreensão dele também havia desaparecido. Ele achou que foi graças a terem compartilhado algo importante.

— O seu caso, como é que eu posso dizer? Talvez seja irresponsável da minha parte falar isso, mas acho que é uma situação típica de maus-tratos a menores. Estou falando com base no que eu sei, mas acho que aqueles que têm um passado muito infeliz normalmente têm dificuldade de se relacionar com outras pessoas. Não sei explicar direito, mas é como se desenvolvessem um tipo de complexo e acho que na maior parte das vezes elas se tornam antipáticas. Li em algum livro que não sei quem sofreu abusos na infância e, depois de adulto, inconscientemente se comportava de um jeito que provocasse o ódio das outras pessoas e até se sentia aliviado quando acabavam odiando ele, sabe? Eu entendo um pouco esse tipo de comportamento. Mas você não tem isso, não é mesmo? Digamos que... no seu caso, você não tem nenhum vestígio de que sofreu maus-tratos.

Assami Yamassaki concordou, balançando levemente a cabeça várias vezes e, aos poucos, encostou o corpo nele e, com uma voz quase inaudível, disse: "Isso me deixa tão feliz". Ao ver os longos cílios de Assami Yamassaki voltados para baixo, assim de perto, Aoyama sentiu um calafrio percorrer as suas costas.

— Acho que foi o balé.

Depois de chegar ao restaurante, sentar-se na cadeira puxada pelo garçom e beber um gole de Campari com suco de laranja, Assami Yamassaki fez esse comentário, e Aoyama ficou um momento sem saber do que se tratava. Era um restaurante famoso que servia comida da Toscana, localizado numa rua relativamente tranquila no caminho para Roppongui, perto do cruzamento de Nishi-Azabu. Apesar da fama, ele não era divulgado em guias de restaurantes e revistas voltadas para o público jovem. A decoração e o atendimento eram impecáveis e nenhum dos clientes parecia que havia entrado no estabelecimento errado. Clientes que estivessem visitando o restaurante pela primeira vez sentiam uma agradável tensão proporcionada só de ver a tapeçaria com a imagem da cidade de Florença do século XVII — um dos itens dos quais o dono muito se orgulhava — e os belos desenhos em relevo nos painéis de vidro fosco que separavam as mesas. O estabelecimento não era muito grande e, por isso, um cliente novo sequer conseguiria fazer a reserva sem a indicação de algum outro frequentador. Assami Yamassaki havia se sentado à mesa com os olhos brilhando de deslumbramento. Quando o garçom lhe perguntou o que gostaria de beber antes da refeição, ela olhou para Aoyama com uma expressão de quem pergunta se o que estava prestes a pedir era algo adequado para se consumir como aperitivo, então, com sua voz graciosa, pediu um Campari com suco de laranja. Aoyama pediu ao garçom o carpaccio, que era especialidade da casa, porções pequenas de três tipos de massa, filé de T-bone à Florença e um Barbaresco da safra de 1989. Feito o pedido, Assami Yamassaki retomara a conversa:

— Fiquei muito feliz quando o senhor disse que não tenho indícios de maus-tratos. Tentei encontrar uma explicação para isso enquanto estávamos no táxi, mas assim que entrei aqui, acabei me distraindo com a beleza do lugar e, por um segundo, me esqueci completamente dessa dúvida.

Assami Yamassaki fez uma pausa e sorriu. Para Aoyama, aquele era um sorriso perfeito para transformar a pessoa em prisioneira de seu encanto.

— Pois então, percebi que isso de ser esquecida pode ser um dos motivos de eu não ter me tornado uma pessoa deprimida. Aí, quando me sentei à mesa, vi essa toalha, esse castiçal, os guardanapos e, principalmente, os desenhos em relevo dessas divisórias, que são lindos! Como são delicadas as curvas dos traços dessas uvas, dos passarinhos e dos instrumentos musicais! Os vidros foram lapidados um a um, não é? Cada divisória tem um desenho único.

— Não tenho certeza, quem sabe? Mas pode até ser que seja artesanal.

— Com certeza é. Dá para sentir o calor que emana das figuras. Aí, de repente, me veio a resposta para aquela dúvida que eu tinha esquecido. E a resposta que me veio à mente foi o balé.

— Ah! Agora entendi. Foi o que te ajudou a apagar os vestígios dos maus-tratos, não é?

— Sim. Acho que foi quando eu estava na quarta série, eu morava num apartamento apertado em Suguinami e, perto dali, havia uma escola de balé bem, bem pequena. Era administrada por uma senhora muito idosa e sua filha, e a mensalidade era bem barata. Foi a minha mãe que sugeriu que eu experimentasse fazer balé. Não sei explicar direito, mas apesar de eu ter pouca musculatura, o que não me faltava era força e, depois de um ano, essa professora bem idosa me disse para frequentar uma escola maior e fez uma carta de recomendação, e então me tornei bolsista de uma escola em Minami-Aoyama, um dos maiores estúdios de balé do Japão. Pois então, é difícil de explicar, mas quando eu começo a suar, eu sinto como se conseguisse ver as coisas ruins e os pensamentos ruins saírem de mim junto com o suor. Tem sempre um espelho nos estúdios de dança, não é? Quando faço um *pas* olhando o reflexo do meu corpo no espelho — acho que deve saber, mas *pas* significa passo — ou quando consigo fazer um *pas* novo e vejo meu corpo dançar de forma bem elegante, me sinto revigorada de ver que, de alguma forma, consegui incorporar algo belo ou uma imagem bela. Eu acho que provavelmente foi assim que consegui ir esquecendo os pensamentos desagradáveis.

O aroma singular do Barbaresco pairou no ar assim que a garrafa foi aberta e, enquanto degustava o vinho oferecido pelo sommelier, Aoyama segurava a todo custo as lágrimas que ameaçavam cair. O sommelier se retirou assim que a bebida terminou de ser provada e, quando os dois ficaram a sós novamente, depois que a entrada de carpaccio foi servida, Aoyama só conseguiu dizer: "Então foi isso", e acrescentou:

— Você é maravilhosa!

Depois do brinde, Assami Yamassaki pousou delicadamente a mão que não segurava a taça sobre a mão de Aoyama.

— Sinto muito. Mas o senhor consegue me entender, não é? Eu realmente estou feliz. Eu me dedicava ao balé, mas não tinha ninguém com quem conversar e depois que machuquei o quadril... Algumas pessoas até se aproximaram de mim, mas ninguém me acolheu com ternura. É por isso que, eu sei que é um incômodo, mas o senhor é a primeira pessoa a quem conto tudo isso, sobre o segundo marido da minha mãe, tudo. O senhor é a primeira pessoa, sr. Aoyama...

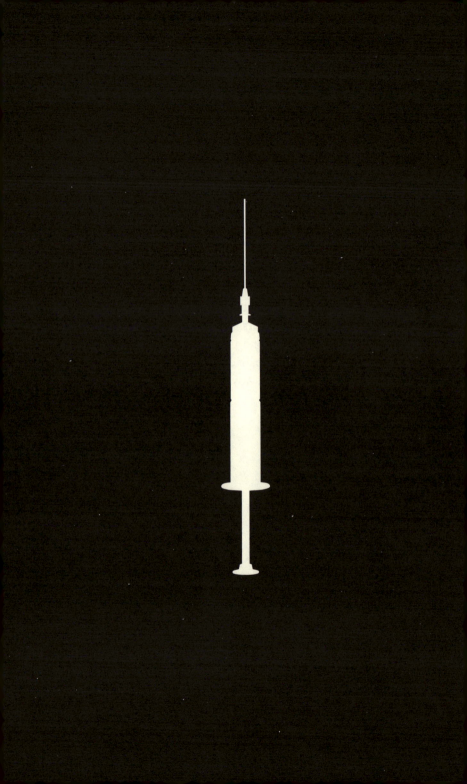

RYŪ MURAKAMI

7

Aoyama acompanhou Assami Yamassaki até a casa dela de táxi. Depois do vinho, tomaram uma dose de grapa e comeram a sobremesa sem pressa alguma, e quando saíram do restaurante já passava das onze e pouco da noite. Ele sabia que se a convidasse para ir a um bar ou algum outro lugar ela aceitaria de bom grado, mas naquela noite, achou que só o jantar era suficiente. Durante todo o tempo que passou ao lado dela, ele não conseguiu se livrar do nervosismo e também sentiu que, se acontecesse algo a mais, poderia receber algum tipo de castigo divino mais tarde.

No táxi, ele sentiu vontade de segurar a mão dela, em parte pelo efeito do vinho e da grapa, mas depois de muito ponderar, decidiu que seria melhor se conter. "Que bizarro", pensou, "um homem de meia-idade, com 42 anos, na dúvida se deve ou não pegar a mão de alguém".

— Vamos sair de novo em breve — disse Aoyama, assim que Assami Yamassaki desceu do táxi.

— Quando?

Assami Yamassaki indagou "sem querer" e, logo em seguida, esboçou uma expressão de alguém que não conseguia conter sua felicidade, igual à de uma criança que havia acabado de ser pega fazendo alguma travessura. Essa mudança sutil de expressão, o acanhamento que revelou por um breve segundo, o timing de abaixar o olhar logo em seguida, o sorriso de quem não consegue conter a alegria que aflora. Essa performance de Assami Yamassaki fez o corpo de Aoyama estremecer por inteiro, provocando uma sensação inebriante.

— Te ligo — disse Aoyama.

"Vou ficar esperando", respondeu Assami Yamassaki, bem baixinho.

— Desculpa por te ligar tão tarde.

Aoyama telefonou para Yoshikawa do táxi, na volta para casa. Mesmo depois de ficar sozinho no carro, permanecia a sensação inebriante de constatar que a garota jovem e incrivelmente bela claramente tinha afeição por ele. Essa sensação doce e inebriante deixou Aoyama estranhamente romântico, como se o sangue que corria pelas veias tivesse se transformado em mel. Ele sentiu o cheiro da colônia de Assami Yamassaki no assento do táxi e lembrou-se do estranho sentimento que teve ao hesitar se deveria segurar a mão dela ou não. Um homem de meia-idade, aos 42 anos, também pode sentir esse tipo de coisa, admitiu, motivado pelo estado de euforia. E, subitamente, sentiu uma espécie de simpatia inexplicável por todos os homens de meia-idade. Aoyama sentia-se enternecido, com o ânimo afável, o que fez com que, de repente, tivesse vontade de telefonar para alguém. Tirou o celular da maleta e teve vontade de compartilhar o que sentia com todos os homens de meia-idade do mundo, mas, obviamente, Yoshikawa era o único amigo com quem ele podia fazer isso.

— Te acordei?

— O que aconteceu? Olha a hora...

Yoshikawa soava sonolento. Também parecia estar bêbado. Aoyama já havia ido várias vezes à casa dele e conseguia imaginá-lo bebendo conhaque Cordon Bleu ou algo do tipo, na pequena sala de treze metros quadrados. Ele esperava a esposa e o filho dormir para tirar a garrafa e o copo da estante onde alguns troféus de campeonato de golfe ficavam expostos, ia para a cozinha pegar algum petisco ou algum queijo que ele mesmo cortava e, antes de ir para a cama, passava um tempo sozinho lendo revistas ou assistindo a vídeos. "Um homem digno de pena", pensou Aoyama. A intenção dele era dizer ao amigo que estar na meia-idade não significava que tudo estava perdido. Ele precisava dizer-lhe que não podia desistir e se contentar com a solidão de ficar bebendo desacompanhado antes de dormir.

— Acabei de sair com ela — disse Aoyama, esforçando-se para a voz não revelar seu estado de euforia.

— É? Como foi?

— Fiquei sabendo do passado "glamouroso" dela.

— E aí?

— Não posso te contar os detalhes por ser um assunto extremamente pessoal, mas o que posso dizer é que ela teve uma juventude infeliz que ela conseguiu superar por esforço próprio. Mas acho que você não entenderia.

Yoshikawa manteve-se em silêncio.

— Alô? Está me ouvindo?

— Estou.

A voz de Yoshikawa denotava mal humor e esfriou um pouco os ânimos de Aoyama. Mas por que Yoshikawa não pode simplesmente ficar feliz por ele? Uma famosa colunista de uma revista escreveu que habilidades como distorcer a cara de tamanha felicidade, sofrer ou se emocionar a ponto de berrar, se jogar no chão e chorar desesperadamente não são da natureza original do ser humano, e que elas podem ser facilmente perdidas se viver uma vida extremamente monótona. Portanto, para ela, conseguir expressar os sentimentos de forma copiosa ou plena de emoção é uma espécie de privilégio.

— Bom, eu fiquei impressionado!

— Que bom.

Yoshikawa não estava apenas mal-humorado. Aoyama sentiu que parecia que tinha acontecido algo de muito ruim.

— Aconteceu alguma coisa?

Não houve resposta. Será que ele deveria desligar?

— Te ligo outra hora, está bem?

— Não, tudo bem. É que eu não queria estragar o clima com você aí, todo contente. É a minha mãe. Lembra dela?

— É claro que sim. Aconteceu alguma coisa?

Aoyama achou que a mãe de Yoshikawa havia falecido. Que coisa. Ele ligou para o amigo para contar que estava se sentindo no auge da felicidade e o amigo estava infeliz e no fundo do poço.

— Não me diga que...

— Não, não é nada disso. Acontece, sabe? Ela tá ficando cada vez mais caduca e acabou caindo escada abaixo. Pra falar a verdade, eu até cheguei a pensar que teria sido melhor se ela tivesse morrido, sabe? É uma droga, eu sei que é meio deprimente.

— Entendo. Foi mal te ligar assim numa hora dessas.

— Não se preocupe, estava precisando espairecer, mas é, é mesmo muito triste. Eu sabia que, com o avanço da demência, ela se tornaria outra pessoa, mas por fora, ela continua igualzinha a minha mãe. Quem mais sofre com tudo isso é minha esposa. Eu devia ter internado logo a minha mãe em alguma casa de repouso. Fiquei hesitando e agora me dei conta de que já se passaram sete anos. O que eu fiz foi terrível. Quer dizer, terrível pra minha esposa, que chora achando que a culpa é dela. Existe claramente uma comunicação estabelecida, que não faz sentido pra mim, entre a minha mãe e a minha esposa e, apesar de não terem nenhum laço de sangue, a minha esposa se preocupa com minha mãe muito mais do que eu.

— Mas ela está bem, né?

— Tá, a minha esposa tá com ela no hospital. O problema é só nos pés. Ela quebrou os dois tornozelos e acabou perdendo completamente a estabilidade dos pés. Os ossos dela já estavam enfraquecidos, então não foi uma fratura limpa que nem acontece com gente mais jovem. Pelo que o médico disse, o osso dela ficou esmigalhado que nem carvão triturado com um martelo e nunca mais vai voltar a ser como antes. Eu estava aqui pensando se já não era hora de interná-la numa casa de repouso, mas quando me dei conta estava bebendo sem parar. Eu não presto mesmo.

— Não diga isso.

— Sabia que hoje em dia tem umas casas de repouso muito boas com serviço de enfermagem completo?

— Sabia, sim. Já vi uns folhetos por aí.

— Um pouco caro, mas não chega a ser impossível. Desculpa ficar falando dessas coisas com você.

— Não esquenta, não!

— Tenho inveja de você, sabia? Tem quarenta e poucos anos como eu e olha só a diferença entre nós. Você acabou de sair com uma garota de 24 anos!

Aoyama manteve-se em silêncio. O amigo que o ajudou a conhecer Assami Yamassaki estava triste. Aoyama queria dizer algo para fazê-lo se sentir melhor, mas a sensação de euforia decorrente do encontro ainda estava impregnada em seu corpo e era impossível sentir compaixão por uma pessoa deprimida.

— Ah! Já ia me esquecendo — disse Yoshikawa, mudando o tom de voz. — Pensando bem, deixa para lá. Não importa mais — e, com um suspiro, calou-se novamente.

— O que foi?

— Não, deixa.

— Agora fiquei curioso.

— Não é importante e, além do mais, acho que é só um boato. Foi por acaso que eu escutei a garota do bar comentar e, por isso, não creio que a informação seja confiável.

— Fala logo!

— Sabe aquele diretor, o tal de Shibata? Lembrei dele porque a gente estava falando sobre os pés.

Os pés? Aoyama ficou desanimado só de escutar o nome "Shibata", o famoso empresário mulherengo que estava indiretamente ligado a Assami Yamassaki. Só de pensar na possibilidade de Shibata ter saído para jantar com Assami Yamassaki, ou de tê-la levado para algum bar, Aoyama sentia o ódio surgir dentro de si. Será que homens como o Shibata costumam jantar todas as noites acompanhados de mulheres como Assami Yamassaki? Diferentemente dele, que hesitou se devia segurar na mão dela ou não, será que ele era do tipo que coloca o braço no ombro sem titubear? "Se o Shibata aparecesse na minha frente agora, acho que eu seria capaz de matá-lo", pensou Aoyama.

— Esse Shibata vem de família boa e é por isso que conseguiram abafar o que realmente aconteceu, mas dizem por aí que alguém tentou cortar os pés dele fora. Tentaram cortar do tornozelo para baixo e o choque foi tão grande que ele morreu de parada cardíaca. Resumindo, alguém matou ele, mas como essa história foi contada por uma mulher lá do bar, acho melhor não botar fé. Parece até coisa do Jason,[1] não dá nem vontade de averiguar essa informação.

"Ah, então era isso?", Aoyama pensou, aliviado. "Caras como o Shibata merecem passar por isso." A euforia e o ciúme de Aoyama, com ajuda de sua embriaguez, fizeram com que não pensasse em nada além disso. Ele já tinha se esquecido completamente do rapaz de cadeira de rodas que viu no salão do hotel quando estava com Assami Yamassaki. Mas Aoyama não devia ter se esquecido disso.

— É você, pai? Eu achei que fosse um ladrão por causa do latido do Gang — disse Shiguehiko, assim que Aoyama entrou pela porta da frente. O filho estava de pijama, segurando uma faca militar de combate.

— Onde é que você arrumou isso? Que perigo!

Era uma faca enorme com uma lâmina de cerca de trinta centímetros de comprimento.

— Hã? Foi você quem comprou essa faca um tempo atrás, não lembra, não? Acho que foi em Singapura ou em Hong Kong.

— É mesmo?

Aoyama se lembrou da arma. Cerca de dez anos antes, ele viajou para o Sudeste Asiático e, na feira ao ar livre em Manila, comprou a faca motivado pelo impulso da curiosidade. Naquela ocasião, ele levou uma bronca de Ryōko por ter comprado algo tão perigoso e, como ela a havia confiscado, Aoyama esqueceu-se até mesmo da sua existência.

---

[1] Jason Voorhees, o sanguinário personagem da série de filmes de terror norte-americano *Sexta-Feira 13*, que teve início com a película de 1980, dirigida por Sean S. Cunningham. Saiba mais em *Sexta-Feira 13: Arquivos De Crystal Lake* (DarkSide® Books, 2018), de David Grove.

— Onde estava isso?

Aoyama tirou da geladeira uma garrafa bem gelada de Evian que ele bebeu sentado no sofá da sala. Uma bancada dividia a cozinha da sala. A sala de estar dos Aoyama era bem grande, media cerca de 36,5 metros quadrados, e tinha um conjunto de sofás espanhol, de tamanho grande, uma TV de 27 polegadas, um rack para aparelho de som e uma estante que abrigava bebidas e copos.

— Encontrei faz pouco tempo — disse Shiguehiko, guardando a faca na bainha de plástico reforçado.

— Mas onde foi que você achou?

— Nessa estante das bebidas — Shiguehiko apontou com o queixo a estante de mogno marrom escuro.

— Nunca nem notei.

— Sabe onde ficam os vinhos caros? Estava guardada lá no fundo. Bem o estilo da mamãe, não é?

A estante decorativa de mogno tinha um compartimento com duas portas que podiam ser trancadas a chave. Dentro dela, havia mais de dez garrafas de vinho que Aoyama costumava comprar toda vez que viajava à Europa a trabalho. A cada viagem trazia uma ou duas garrafas de Château d'Yquem, Romanée Conti ou Château Margaux.

— O que quer dizer com estilo da mamãe?

— Isso de não ter jogado a faca fora. Ela ficou brava e ameaçou jogar fora, mas ela nunca joga nada fora, não é?

"Nunca joga nada fora", disse Shiguehiko, usando o verbo no tempo presente. "Realmente", pensou Aoyama e, baixando a cabeça, concordou sorrindo. Os dois permaneceram em silêncio durante um tempo. Aoyama estava se lembrando do perfil de Ryōko, e pensou que Shiguehiko possivelmente estava fazendo o mesmo.

— Além disso — Shiguehiko retomou a conversa —, como é onde a gente guarda o vinho caro, a lâmina não enferrujou. Dá uma olhada. É porque não tem umidade.

— Quando foi que você achou isso?

— Já faz mais de meio ano. Lembra quando os meus amigos passaram a noite aqui?

Shiguehiko parecia ser muito popular na sala dele e seus amigos vinham visitá-lo com certa frequência. Aoyama deixava-os à vontade, mas Rie adorava recebê-los e preparava com alegria grandes quantidades de cozido de legumes e carne com molho curry, bolinho de arroz ou espaguete.

— Um deles é apaixonado por vinhos.

— Vinhos? No primeiro colegial?

— Isso mesmo. Ele é um... como é que chama quem é especialista em vinho?

— Sommelier?

— Isso. Parece que ele quer ser sommelier e começou a estudar desde já. Por isso, ele queria ver os vinhos que temos aqui em casa.

— Com apenas quinze anos, ele já sabe o que quer ser?

— Sim. Tem muitos caras que são assim.

— Será que ele não quer escolher outra profissão? Não vai dar problema decidir tão cedo?

— Você não entende.

— O que eu não entendo?

— Bem, digamos que agora não é mais aquela época tranquila que você viveu. Ah, sei lá. O mundo está bem podre, não acha?

— Tem razão.

— O pessoal esperto do colegial já sacou que, neste país, mesmo subindo na vida, você continua na merda. Eu também acho uma boa essa coisa do vinho. Sei lá, faz a pessoa ter humildade. Tem outros assim. Tem muita gente na área de softwares, tem gente fazendo design gráfico, mas a maioria está na área da computação. Eu acho que quanto mais cedo você começar, melhor.

— E você?

— Eu resolvi esperar mais um pouco. Gosto de biologia e de química, mas ainda não vi bioquímica e nem biologia molecular — dito isso, Shiguehiko guardou novamente a faca no compartimento de vinhos. A chave foi escondida embaixo da garrafa de armanhaque na prateleira acima.

— Se você se meter em briga, não vai usar essa faca, está bem?

Quando Aoyama comentou isso, Shiguehiko olhou para o alto e fez uma cara de menosprezo.

— É mais perigoso ainda se um ladrão vier te roubar e vir que você tá armado.

— Não se preocupe, sei disso! É que quando o Gang começa a latir quando estou sozinho, eu fico com um pouco de medo e, recentemente, parece que tem aumentado o número de roubos aqui na região.

Ao olhar para o relógio, viu que faltava pouco para uma da manhã. Aoyama ficou com a consciência um pouco pesada por ter deixado o filho sozinho e ter saído para se divertir com Assami Yamassaki.

— Vou tentar chegar mais cedo — disse Aoyama, depois de beber o último gole da Evian.

— Como foi? — perguntou Shiguehiko, dirigindo-se ao andar de cima.

— O quê?

— O encontro!

— Ela foi uma criança muito infeliz. Depois que ela me contou os detalhes, descobri que ela é uma batalhadora e, apesar de ter crescido sofrendo maus-tratos, superou tudo isso se dedicando ao balé. Acho que ela ficou forte daquele jeito porque foi criada sem nenhum mimo.

Shiguehiko ouviu o relato de Aoyama da escada e então parou no meio do caminho, parecendo pensar em algo.

— O que foi? — indagou Aoyama.

Shiguehiko coçou a cabeça e comentou:

— Não entendo de balé, mas... — e continuou a subir as escadas. — Abuso não é tão fácil assim de superar.

"Como ele é maduro", pensou Aoyama, e disse "Boa noite" enquanto tentava se convencer de que Shiguehiko entenderia quando a conhecesse. Um pouco antes de entrar no quarto, Shiguehiko respondeu. Disse com uma entonação calma, com uma voz que podia ser facilmente confundida com a de um adulto:

— Boa noite, pai.

O outono deu lugar ao inverno e o programa da rádio FM *A Heroína do Depois de Amanhã* estava prestes a sair do ar. Segundo Yoshikawa, quando chegasse a hora de realmente tirar o programa do ar, era só informar que a audição seria adiada por tempo indeterminado devido a problemas na produção do roteiro. "Não se preocupe, é normal projetos não darem certo e dezenas de filmes são engavetados todos os anos. É óbvio que, como não somos cineastas, nossa reputação não corre nenhum risco. Vai por mim, daqui a duas semanas, ninguém mais vai se lembrar disso." Yoshikawa tinha recuperado o ânimo de sempre, depois de internar a mãe em uma casa de repouso particular, com serviço de enfermagem completo no subúrbio a oeste de Tóquio.

— Mas vai ser um tipo de provação para você. Afinal, vai ter de dizer que o projeto foi por água abaixo para a linda da Assami-*chan*. É melhor você mesmo contar. Ainda não transou com ela, certo? Ela pode ser boazinha, seja o que for, mas transar com ela antes de contar a verdade pode dar bosta!

Aoyama não tinha sequer segurado a mão dela ainda.

Eles se encontraram uma ou duas vezes por semana nos últimos dois meses, mas todas as vezes eram praticamente uma repetição do primeiro encontro. Mesmo assim, Aoyama estava convicto de que Assami Yamassaki estava feliz em sair com ele e, a cada encontro, o encantamento que sentia aumentava cada vez mais e parecia que nunca enfraqueceria.

Assami Yamassaki sempre atendia às ligações com o tom de voz alegre e aparecia no local do encontro com uma nova combinação de roupas e penteado e maquiagem de quem tinha acabado de se arrumar. Aoyama a levava para vários restaurantes e bebia uma, duas garrafas de magníficos vinhos. O assunto da conversa entre eles parecia nunca acabar. Assami Yamassaki falava principalmente sobre o balé e ele contava sobre as experiências vividas na Alemanha.

Porém, à medida que se aproximava a data do último episódio de *A Heroína do Depois de Amanhã*, Aoyama começou a sentir a pressão de encontrar um jeito de contar que a audição foi cancelada. Havia também outros assuntos de que ele deveria tratar. A sua vida pessoal era um deles. Até aquele momento, ele tinha perdido algumas chances de contar que teve uma esposa que falecera há sete anos e que ele morava com o filho de quinze. Por outro lado, Assami Yamassaki também parecia tomar cuidado para não fazer perguntas relacionadas à vida pessoal dele. Foi no fim de novembro, quando faltava uma semana para o programa da FM sair do ar, na noite em que soprou o primeiro vento frio e seco de inverno na cidade de Tóquio, que Aoyama decidiu que deveria fazer sua confissão.

O local combinado para o encontro foi o bar de um hotel em arranha-céu localizado em Nishi-Shinjuku. A intenção de Aoyama era contar sobre o filme antes mesmo de saírem para jantar.

Aoyama chegou ao bar cerca de vinte minutos antes do horário combinado e sentou-se ao balcão para se acalmar. O bar era famoso e aparecia frequentemente em revistas por ser um local que servia champanhe avulso, por taça, mas como ainda era cedo, havia poucos clientes. "Se o senhor quiser, posso arrumar uma mesa", disse o garçom que lhe era familiar, mas Aoyama agradeceu e disse que preferia ficar no balcão. Sentar-se à mesa significava ter de conversar de frente a ela.

— Que diferente marcar em Shinjuku — disse Assami Yamassaki. Ela chegou com um vestido curto preto e de botas e sentou-se na banqueta, depois de chamar a atenção de todos os homens que estavam no bar, como de costume.

— Em Higashi-Nakano tem um restaurante meio diferentão de uma antiga gueixa e que serve comidas típicas que eram servidas nos distritos da luz vermelha do período Edo. Achei que seria bom dar uma variada de vez em quando...

— Mal posso esperar! — disse Assami Yamassaki, abrindo um sorriso. — Saiba que andei engordando de tanto comer coisa gostosa!

Aoyama pediu um Dom Perignon rosé e, depois de brindarem, começou a falar.

— Hoje, infelizmente, preciso te dar uma notícia ruim — disse Aoyama, observando a reação de Assami Yamassaki. Ela estava prestes a levar a taça de champanhe aos lábios, mas parou no meio do caminho.

— O que aconteceu?

Uma sombra de apreensão cobriu sutilmente o rosto em perfil de Assami Yamassaki. Aoyama falou do jeito que Yoshikawa sugeriu, olhando alternadamente entre a taça de champanhe e o rosto dela, tomando cuidado para não deixar a voz tremer.

— É sobre aquele filme para o qual você foi fazer audição.

Assim que Aoyama disse isso, Assami Yamassaki suspirou e bebeu quase meia taça de champagne em um único gole. E então sorriu, aparentando alegria.

— Por que está rindo? — Aoyama perguntou, reconhecendo que, por dentro, já sentia um certo alívio.

— Não estou rindo. Por favor, continue.

— Você riu, sim.

— Acha mesmo?

— Sim, eu tenho certeza que você riu. Mas infelizmente, a notícia não é boa e, se você der risada, fica difícil te contar.

— Mas é sobre o filme, não é?

— Isso mesmo.

— O papel principal ficou para outra pessoa? — indagou Assami Yamassaki, sem desfazer a expressão de alegria.

— Não é isso. Tinha um roteirista escrevendo o enredo, era uma história bem original, mas resumindo, os patrocinadores recusaram o roteiro e, como o roteirista é famoso, ele ficou bravo e abandonou o projeto na semana retrasada.

— Nossa! Mas estão pensando em contratar outro roteirista?

— Não. Uma das condições exigidas pela distribuidora era o enredo ser assinado por esse roteirista e agora que os patrocinadores e a distribuidora entraram em atrito e, apesar de eu não saber direito como funciona a indústria cinematográfica, uma coisa é certa: sem capital ou sem perspectiva de distribuição não tem como fazer um filme. É por isso que o projeto está suspenso por enquanto. Devem anunciar o adiamento da produção na semana que vem, mas cá entre nós, acho que este projeto nunca vai ver a luz do dia.

Aoyama fitou o rosto de Assami Yamassaki. Para sua surpresa, ela continuava com um sorriso nos lábios. E, em seguida, disse algo que ele não esperava ouvir:

— Sei que não foi fácil lidar com essa situação, e eu sei que não devia dizer isso, mas no fundo, estou muito contente. Eu sei que é mesquinho da minha parte.

— Está contente?

— Sim. Peço perdão. O senhor se empenhou tanto nesse projeto, e eu aqui, pensando só em mim mesma.

— Mas por que está contente?

— Lembra-se do que escrevi na minha redação? Eu pensava que não tinha nenhuma chance de ser escolhida para o papel de protagonista e... Aí, caso outra pessoa fosse escolhida, o senhor com certeza a veria com frequência por conta do trabalho, não é? No fundo, eu não queria que isso acontecesse, por isso, fiquei feliz com o fato de que o filme foi cancelado. Por um momento, pensei que fosse outra coisa pior, como não poder mais nos encontrar ou diminuir a quantidade de encontros.

Assami Yamassaki aproximou a taça com a dele e as bordas do delicado cristal se tocaram, emitindo um retinir metálico, e Aoyama sentiu o peso sobre seus ombros desaparecer.

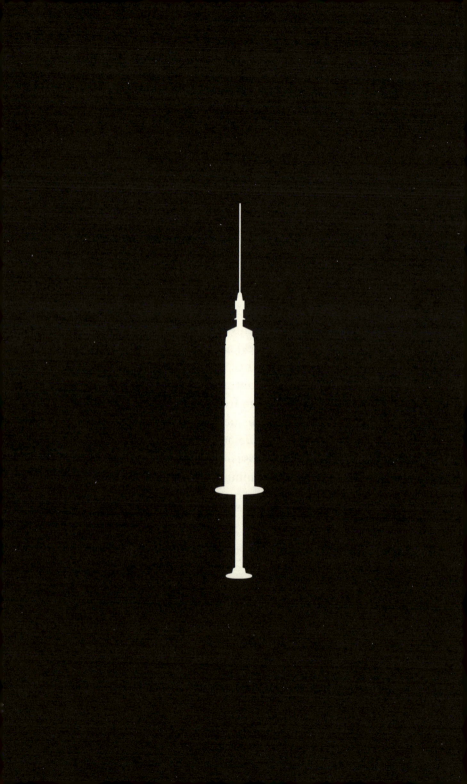

RYŪ MURAKAMI

8

O estabelecimento era bem discreto — sem placas ou letreiros de neon — e ficava na rua detrás de uma rua repleta de restaurantes, localizada em Higashi-Nakano. Era um lugar que ele costumava frequentar antigamente com Ryōko. A fachada continuava igual, mas agora o que chamava a atenção eram as prostitutas estrangeiras e os garotos de programa maquiados que ficavam nas calçadas. Eles tentavam insistentemente puxar conversa com os homens bêbados que andavam desacompanhados, mas quando Aoyama passou por eles de braços dados com Assami Yamassaki ninguém nem ousou olhar para ele. Depois de descer do táxi, Assami Yamassaki olhou para alguns deles antes de entrar no restaurante e Aoyama notou que seu olhar não era de menosprezo nem de medo, mas sim de total naturalidade. Aoyama passou pela rua desviando das prostitutas e sentiu um certo senso de superioridade que sabia não ser em relação a elas, mas em relação à situação em que se encontravam. Era um senso de superioridade social nascido do simples fato de que ali estavam homens e mulheres infelizes que vendiam seus corpos e suas dignidades, enquanto Aoyama não precisava desse tipo de serviço, pois estava com uma mulher jovem e bonita que não precisava vender o corpo.

As palavras *Edo Tateba-ryōri*[1] estavam escritas em caligrafia de pincel no cardápio do restaurante. O local era pequeno: um balcão com sete lugares e uma sala de banquete com duas mesas de quatro lugares cada. Quando chegaram, tinha apenas um outro par de clientes, ambos idosos de cabelos grisalhos aparentando ser da diretoria de algum banco ou empresa que conversavam sobre golfe, ações e saúde, enquanto refinadamente bebericavam um saquê gelado. A proprietária, de quimono, cumprimentou Aoyama e, assim que o viu, comentou como fazia tempo que ele não aparecia, trouxe-lhes uma toalha quente e umedecida e serviu um coquetel em copos de vidro lapidados ao estilo tradicional Kiriko de Satsuma.

— Que delícia! — exclamou Assami Yamassaki, depois de beber um gole do coquetel, com uma voz que reverberou desimpedidamente dentro do pequeno restaurante. Os senhores de cabelos grisalhos, em seus paletós de corte fino, viraram-se lentamente para olhar em direção a Assami Yamassaki. Eles aparentavam ser o tipo de velho que já havia se enjoado de ver tanta mulher bonita, mas a voz singular de Assami Yamassaki, uma voz suave e ao mesmo tempo metálica, que entrava pelos ouvidos e se emaranhava nas entranhas do cérebro, chamou a atenção deles.

— Que bom que gostou! Eu mesma que fiz com cidra e saquê lá de Ishikawa — disse a proprietária, Kai, que antigamente trabalhava como gueixa em Shinbashi, mas aos 35 anos, mais ou menos, casou-se com um médico, aposentou-se da profissão e, após o divórcio, resolveu abrir o restaurante. Aoyama era cliente da casa já havia uns vinte anos, mas obviamente não chegou a conhecê-la nos tempos de gueixa. Ela era dez anos mais velha que Aoyama e tinha uma rede de contatos inacreditável que se estendia desde o meio político e econômico até a imprensa. Certo dia, por pura curiosidade, Aoyama perguntou-lhe quem

---

[1] Cozinha tradicional de Edo. Edo é o antigo nome da capital japonesa, Tóquio, e é também o nome do período compreendido entre 1603 e 1868, durante o qual o Japão foi governado pelos xoguns, ou seja, generais, da família Tokugawa.

foi o cliente que mais lhe marcou e ela respondeu: Khrushchev. Kai sempre gostou de Ryōko. Aoyama foi para o restaurante porque queria falar sobre sua vida pessoal e queria também que Kai avaliasse Assami Yamassaki.

— O que é *tateba-ryôri?* — Assami Yamassaki perguntou para Aoyama, ao experimentar a primeira porção que lhes foi servida, um petisco de gelatina de baiacu cozido. Quem servia os pratos era uma mulher de trinta e poucos anos com leve dificuldade de locomoção em uma das pernas. Estavam em novembro, mas nem essa assistente nem Kai calçavam meias *tabi*. O aquecedor obviamente estava em pleno funcionamento, mas ver uma mulher impecavelmente trajada de quimono e com os pés expostos era um tanto sedutor.

— Uns dizem que era o tipo de refeição servido nos bairros da luz vermelha durante o período Edo e outros dizem que era o que serviam nas pousadas e hospedarias ao longo das estradas daquela época, mas acho que, resumindo, é um tipo de refeição mais acessível e simpático que os *kaisseki-ryôri*,[2] que surgiram em Quioto.

Kai estava dando atenção aos dois idosos de cabelos grisalhos, o que não significava necessariamente participar da conversa deles. Ela servia o saquê e demonstrava interesse no assunto de que estavam falando. Somente quando um deles se dirigia a ela e indagava, por exemplo: "Dona Kai, a senhora realmente não joga golfe?", ela respondia sucintamente: "Eu não gosto de caminhar". Saber escutar as conversas de clientes não é tarefa fácil, seja para um proprietário de restaurante, para uma *hostess* ou para um bartender. Nesse sentido, Kai era perfeita.

— Não sei praticamente nada de *kaisseki-ryôri* — disse Assami Yamassaki, que estava mais quieta do que das vezes que foram aos restaurantes italiano e francês. Aoyama achou que ela se sentia intimidada pela atmosfera reservada do recinto. Então lembrou que, no começo, Ryōko também reagiu do mesmo jeito.

---

2 Refeição sofisticada servida em várias tigelas, valorizando o uso de ingredientes locais e sazonais. Originalmente era uma refeição simples da tradição zen-budista.

— Na sua idade, o estranho seria entender de *kaisseki*.

— Mas o senhor acha a comida gostosa, não é?

— Foram poucas as vezes que realmente achei que a comida era boa.

Comeram uma tigela de amêijoa, *tsukuri*[3] de olhete da estação e beberam um saquê premium *guinjō-shu* da província de Ishikawa, servido em um recipiente preaquecido e mantido em temperatura morna. A pele fina das bochechas de Assami Yamassaki assumiu um tom levemente rosado.

— O *kaisseki*... — Aoyama olhou para os idosos e abaixou o tom de voz. — O *kaisseki* é basicamente uma refeição para idosos — disse, em voz baixa, em tom de travessura, o que fez Assami Yamassaki rir aquele riso que penetrava nos ouvidos e reverberava de modo agradável no cérebro durante algum tempo.

— Por quê? — Assami Yamassaki perguntou, olhando para ele enquanto colocava *wasabi* na fatia de olhete. Aoyama estava sentado à direita dela e observava a mão de Assami Yamassaki segurando o *hashi*. Era a mão de uma mulher de 24 anos que estava ali, depois de ter sido vítima de maus-tratos durante a infância, ter superado essa dor graças ao balé e, posteriormente, ter desistido da dança por causa de problemas físicos. As unhas de seus finos dedos tinham um formato ovalado e estavam pintadas com esmalte rosa claro, o dorso de sua mão revelava veias azuladas sob uma pele tão lisa que mais parecia ser uma membrana artificial que se estendia por todo o corpo.

— A principal característica do *kaisseki-ryôri* é o fato de que a comida é mole. Eles não servem nada duro que precise de esforço para mastigar. Por exemplo, eles pegam o camarão, amassam e fazem um bolinho com ele, e quase nunca servem carne. Falam que é refinado e tal, mas sei lá, acho que dá para falar que são só pratos fáceis de ingerir.

---

3 Termo usado para fatias de peixe cru originariamente em Kansai, região centro-sul da ilha principal do Japão.

Aoyama achava que havia se acostumado a ficar perto de Assami Yamassaki, mas sentiu que estava tenso, sentado ao lado dela, ombro a ombro. Sua garganta estava seca e ele teve que conter o impulso de beber o saquê rápido demais. As pessoas têm uma tendência a ficar tagarelas quando ficam nervosas, ainda mais quando estão próximas de alguém do sexo oposto a quem querem impressionar.

— Dizem que a comida japonesa é leve e saudável, mas eu tenho uma opinião um pouco diferente. Para começo de conversa, se você pensar bem, isso de comer sentado no balcão, lado a lado, é muito estranho. Até num restaurante de sushi todo mundo come um do lado do outro, em vez de comer de frente para a pessoa. E não só isso, mas comem enquanto ficam de papo com o chefe, que está do outro lado do balcão. Pensando muito bem mesmo, você não acha que é muito estranho essa coisa de comer enquanto fala com o cozinheiro: "Ah, essa lula é de tal espécie e foi pescada não sei onde e a época boa dela dura só mais duas semanas..."?

— Tem razão, é estranho sim. Eu não fui em tantos restaurantes de sushi assim e posso contar nos dedos as vezes que comi no balcão. É tão caro, né? Mas confesso que acho esses lugares meio esquisitos.

— É um ambiente de cumplicidade, mas no mau sentido.

— Cumplicidade?

— Isso mesmo. Os que estão dentro e os que estão fora do balcão acabam ficando próximos um do outro com o tempo e, dependendo do restaurante, os clientes que se sentam ao balcão já se conhecem, e aí um cliente novo precisa de muita coragem se quiser se sentar ao balcão, pois existe ali uma pequena comunidade e a atmosfera harmoniosa que ela tem é extremamente importante. Ninguém ali se encara como indivíduo, de um para um. O cozinheiro faz o papel de apresentador e é por meio dele que as conversas se desenrolam. É impossível um casal de namorados passar um momento tranquilo juntos num balcão de um restaurante de sushi e, se eles fizerem isso, com certeza acabarão sendo isolados do resto do estabelecimento.

— Acho que você tem razão.

— Outra coisa: eu não sinto a menor vontade de comer sushi ou *kaisseki* quando estou muito cansado.

— É mesmo?

— Quando você está fora do país, por exemplo, e sente que o corpo e a alma estão exaustos, você não tem vontade de comer um sushi gelado ou um *kaisseki* que não tem consistência de nada. Eu, pelo menos, sou assim, mas parece que tem muita gente que também pensa dessa forma. Basicamente, vai do gosto de cada um, mas, no meu caso, prefiro os pratos apimentados, como a comida chinesa de Sichuan ou a comida coreana. Você não acha que comida apimentada abre o apetite?

— Eu adoro! Amo comida indiana, por exemplo.

— Sim, a comida indiana também é muito gostosa. Comidas apimentadas são típicas de regiões quentes tipo Camboja, Tailândia, Vietnã. A Coreia do Sul está mais para um país frio, mas a culinária tradicional de lá tem muitos pratos picantes. Eu até já cheguei a pensar num motivo para isso. A Coreia do Sul, ou melhor dizendo, o povo coreano, é vizinho de um grande país que é a China e a história foi cruel demais com os coreanos e, apesar disso, eles têm uma cultura muito rica. A história da Coreia é muito cruel de um jeito bem objetivo: eles viram seu território ser invadido por outros povos, suas famílias sendo executadas diante de seus olhos, e por aí vai. Eu sei que foi um exemplo um pouco violento, mas mesmo em situações extremas como essas o ser humano precisa se alimentar. A pimenta é um santo remédio quando a gente está sem energia ou sem coragem porque desperta o apetite. O sushi e o *kaisseki* não têm esse poder. Pode até ser uma comida gelada, preparada e cortada em porções pequenas, ter uma consistência mole e ser fácil de ingerir, mas não é o tipo de comida que te dá forças quando você não tem energia para comer. A minha teoria é que essas comidas foram desenvolvidas partindo do pressuposto que o normal é você sempre estar com fome. A gente tem essa ilusão aqui neste país de que sempre vai existir uma comunidade afetuosa da qual a gente faz parte; é por isso que esses tipos de refeição não são nada calorosos. Muito pelo contrário, eu acho que são comidas extremamente frias pra quem não faz parte dessas comunidades.

Enquanto Aoyama falava, bebeu cinco doses de *guinjō-shu* morno na taça de porcelana Mikawachi. Ele se deu conta de que não parava de falar. "Preciso tomar cuidado para não ficar bêbado. Não posso abordar assuntos pessoais enquanto estiver bêbado", pensou. Assami Yamassaki descansou o *hashi* que usava para comer o sashimi de olhete e fitou Aoyama. "Que rosto lindo e ao mesmo tempo emblemático", pensou Aoyama. "Dependendo do ângulo que se olha, a impressão que causa é diferente".

— O senhor costuma pensar nesse tipo de coisa sempre? — indagou Assami Yamassaki, com expressão séria.

— Esse tipo de coisa?

— Isso que estava falando até agora.

— Não é que fico pensando nesse tipo de coisa o tempo todo. Mas digamos que isso significa simplesmente que estou vivo já faz um bom tempo.

— Não acho que seja isso — Assami Yamassaki discordou e comeu a última fatia de olhete. — Eu gosto de escutar essas coisas que o senhor fala.

Esse comentário deixou Aoyama encabulado. A garçonete de pés expostos voltou para servir mais *guinjō-shu* e trouxe os acompanhamentos *azukebachi*[4] e *shiizakana*.[5] O *azukebachi* era congro grelhado e inhame cozido no vapor e o *shiizakana* era cogumelo *shimeji* ao molho de pimenta *sanshō*.

— O senhor é o primeiro homem que conversa comigo sobre esse tipo de assunto com seriedade.

Os senhores de cabelos grisalhos tinham terminado de comer a sobremesa de caqui desidratado e se preparavam para ir embora, passando os braços pelas mangas dos respectivos casacos,

---

4   Iguaria que acompanha o arroz, servida numa tigela funda
     em volume proporcional à quantidade de pessoas que
     estão à mesa, para que elas próprias se sirvam.
5   Prato extra servido aos apreciadores de saquê de teor alcoólico forte.

entregues por Kai. "Quer dar uma esticada até Guinza?", indagou um deles. "Não posso. Amanhã cedo vou pegar um voo para Seattle a serviço. Ouvi dizer que voos longos fazem mal não só à coluna, mas também ao sistema imunológico...", respondeu o outro, com um tom de voz calmo. "Com sua licença", falaram educadamente os dois senhores, ao passarem por Aoyama e Assami Yamassaki, e deixaram o estabelecimento. "Quem tem poder de verdade é sempre muito educado", pensou Aoyama.

— Talvez seja porque eu sou mulher e jovem, mas, no geral, os homens não costumam conversar a sério comigo.

— Não, eu é que tenho que pedir desculpas por ficar um tempão só falando de coisa chata.

— Imagina. O senhor falou de assuntos muito importantes.

Aoyama agradeceu Assami Yamassaki, bebeu um gole do *guinjō-shu* perfeitamente morno, sorriu um tanto sem graça e prosseguiu:

— Para falar a verdade, apesar de eu ter dito aquilo, eu gosto muito de sushi.

Ao escutar isso, Assami Yamassaki riu em voz alta. Aoyama também riu, mais descontraído porque os outros clientes haviam ido embora e Kai havia saído para acompanhá-los, deixando-os sozinhos no restaurante. Quando o riso deles finalmente abrandou, Aoyama resolveu que era hora de falar sobre o assunto principal daquela noite. Kai entrou novamente no recinto, mas manteve-se afastada para fumar um cigarro. Kai fumava Peace sem filtro.

— Hoje eu quero te contar uma coisa importante — Aoyama retomou a conversa. Assami Yamassaki perguntou o que seria e, levando o *shimeji* à boca, olhou para ele com as bochechas levemente rosadas. — Na verdade, seria mais apropriado falar desse tipo de assunto antes de beber ou em um ambiente sem bebidas...

Assami Yamassaki devolveu o *shimeji* ao prato octogonal. Ela sentiu o nervosismo de Aoyama e desviou o olhar para baixo, para onde suas mãos estavam.

— Até hoje não te contei nada sobre a minha vida pessoal, mas há sete anos a minha esposa faleceu por causa de uma doença.

O corpo de Assami Yamassaki ficou ligeiramente tenso à menção da palavra "esposa" e, ao escutar "faleceu", ela olhou para ele.

— Pois é, depois que ela se foi, eu não tive nenhum relacionamento. Ah, mas não pense que sou moralista nem nada, muito pelo contrário, mas depois da morte da minha esposa só tive olhos para o trabalho. Já te contei sobre a organista alemã, não é? Aquilo aconteceu logo após a morte dela. Minha esposa e eu costumávamos vir aqui juntos. Não quero que você pense que estou tentando substituir a minha esposa por você ou que você se parece com ela. Parece óbvio dizer isso, mas você é você; é completamente diferente dela. E, depois que tive esses encontros com você, eu passei a pensar seriamente em me casar de novo.

Assami Yamassaki subitamente ficou pálida. A expressão de seu rosto transparecia estar realmente surpresa. Sua respiração tornou-se acelerada e intensa e seus ombros, envoltos num vestido preto de tecido acetinado, movimentavam-se como ondas que subiam e desciam.

— Me perdoe se eu disse algo que te ofendeu. Se o que eu acabei de te falar nunca nem passou pela sua cabeça e eu estiver fazendo papel de trouxa, eu não me importo. Sou viúvo, já fui casado antes. Eu gostaria que a gente continuasse a se encontrar, mas tendo em mente a possibilidade de nos casarmos no futuro.

Assami Yamassaki fitou o rosto de Aoyama e logo desviou o olhar para baixo. Ela tentou forçar um sorriso, contorcendo desajeitadamente os lábios, mas após algumas tentativas frustradas, finalmente desistiu e, em silêncio, meneou a cabeça negativamente. — Não sou esse tipo de mulher — a voz dela soou sutilmente diferente da voz que usara até então e isso fez com que Aoyama sentisse um calafrio como se, de repente, fosse atingido por um vento gelado.

O que ela quer dizer com "não sou esse tipo de mulher"? Será que ela não quer se casar e ter um lar ou está querendo dizer que não pensa em ter um relacionamento sério comigo?

— Sinto muito — disse Assami Yamassaki, e se levantou. Kai olhou para eles.

Aoyama sentiu que estava diante da situação que mais temia que acontecesse e tentou encontrar uma palavra, algo para falar, mas foi em vão. Sentiu que deveria fazer algo, mas o corpo estava petrificado. Enquanto isso, Assami Yamassaki pegou o casaco de couro que estava pendurado na parede e pediu desculpa.

— Me desculpe, me perdoe. Mas hoje... preciso ir.

Aoyama nunca tinha visto Assami Yamassaki com uma expressão daquelas e, sem saber como agir, só lhe restou observá-la em estado apoplético.

A porta se fechou fazendo um ruído seco. Kai apagou o cigarro no cinzeiro e disse:

— O que está esperando? Vá atrás dela.

Assami Yamassaki ainda estava com o casaco de couro na mão e andava a passos rápidos, quase correndo, desviando-se das prostitutas e dos garotos de programa. Aoyama precisou correr para alcançá-la antes que ela chegasse na avenida principal.

— Assami!

Aoyama chamou-a enquanto corria, mas sentiu como se o fundo da garganta estivesse pegajoso, impossibilitando-o de gritar ainda mais alto. A ruela das prostitutas tinha perdido aquela atmosfera de realidade que sentiu momentos atrás. De repente, as roupas chinfrim, baratas e chamativas das prostitutas, os rostos dos garotos de programa de maquiagens carregadas e perucas ficaram em close-up e pularam para dentro de seus olhos. Era como se, do nada, ele tivesse ido parar dentro de um filme. Mas parecia também um pesadelo. As cores que adentravam os olhos de Aoyama desordenadamente eram o verde dos cabelos tingidos das prostitutas, o cinza metálico das unhas aparecendo na ponta dos saltos altos, o vermelho vivo dos batons nas bocas dos garotos de programa e o rosa-choque dos fios laminados das meias-calças. Essas imagens o deixaram desorientado, sem saber o que estava fazendo naquele momento. A única coisa em que conseguiu pensar é que estava com sorte de ser inverno, pois se o clima estivesse quente e úmido, a sensação de estar em um mundo irreal teria sido muito mais forte.

— Assami!

Na terceira vez que ele a chamou, Assami Yamassaki parou e olhou para trás. Aoyama continuou correndo até chegar próximo o suficiente para conseguir tocá-la, se esticasse o braço. Assami Yamassaki parecia estar zangada.

— Desculpe por ter dito aquilo tão de repente, mas deixe-me acompanhá-la até o táxi. Você pode me dar a resposta para o que falei agora há pouco no nosso próximo encontro, por telefone, ou quando for melhor para você. Não sei se para você esse é um assunto no qual você nem pensa a sério, e não posso fazer nada quanto a isso, mas, de qualquer modo, eu precisava te dizer aquilo.

Assami Yamassaki continuava amuada e balançou a cabeça para os lados, depois de dizer algo. A voz dela saiu tão baixinha que ele não conseguiu entender o que disse. O ar que os dois expiravam era de um branco opaco. A sensação de irrealidade, de estar sonhando ou de estar dentro de um filme ainda continuava e, para Aoyama, a única coisa que parecia estranhamente real era a sua respiração lançando um ar esbranquiçado.

Assami Yamassaki olhou para Aoyama, tentando dizer algo, mas voltou o olhar para baixo de novo e começou a caminhar lentamente em direção à avenida. Ela andava tão devagar que Aoyama teve que parar várias vezes para não a ultrapassar. Ele olhava distraído para os arranha-céus que podiam ser avistados ao longe, entre as vielas estreitas por onde passava. As luzes vermelhas instaladas no alto dos edifícios do bairro de Nishi-Shinjuku piscavam em intervalos regulares, criando uma imagem que o fez lembrar dos monitores cardíacos que usavam nos hospitais. Quando chegaram na avenida, nenhum dos dois fez menção de chamar um táxi e ficaram um bom tempo só parados, de pé. Aoyama se deu conta de que ela não estava vestindo o casaco e tirou-o gentilmente das mãos dela para colocá-lo sobre os ombros. Quando o casaco de couro preto cobriu os ombros e as costas de Assami Yamassaki, ela o abraçou como se tivesse perdido o equilíbrio e estivesse prestes a cair, pressionou seu rosto contra o pescoço de Aoyama enquanto os braços envolviam as costas dele. Os ombros dela tremiam e ela se agarrava a ele de um jeito extremamente desajeitado. Aoyama não sabia o que fazer. Ele resolveu apenas ficar do jeito que estava, sustentando o peso do corpo de Assami Yamassaki, como se quisesse sentir o toque gelado do casaco de couro, e se não tivesse feito isso, ela com certeza não teria conseguido ficar de pé. Então, Assami Yamassaki se afastou de Aoyama e disse:

— Você não está de brincadeira comigo, está?

Aoyama imediatamente sentiu um arrepio percorrer seu corpo inteiro, pois teve a impressão de que a voz e o rosto de Assami Yamassaki haviam mudado por completo, como se algo tivesse arrancado as cordas vocais e a membrana que a cobria de uma única vez.

— É claro que não. Estou falando sério — respondeu Aoyama, com a voz um pouco rouca. Era claro como o rosto de Assami Yamassaki lentamente foi voltando ao normal, como se uma membrana semitransparente, que até então pairava no ar, pousasse sobre ela e grudasse de novo na pele do seu rosto. Não era como se ela estivesse usando uma máscara para esconder seu eu verdadeiro, ou que usasse essa membrana para se proteger do olhar de outras pessoas. Aoyama não achou que ela fazia isso de modo consciente. Era uma mudança totalmente espontânea, uma mudança de expressão do tipo que ocorre quando alguém ri diante de algo engraçado ou fica bravo por ter sido insultado, mas que aconteceu de forma tão inesperada, repentina e espontânea que Aoyama teve a impressão de que ela havia se transformado em outra pessoa, como se uma membrana semitransparente tivesse se desprendido dela e depois tivesse grudado novamente.

— Isso me deixa tão feliz! — disse Assami Yamassaki, usando a mesma voz e o tom de sempre. Na hora de entrar no táxi, ela agradeceu o tempo que passaram juntos e Aoyama só se deu conta de que esquecera de falar sobre Shiguehiko quando estava dando um beijo na bochecha dela. Assami Yamassaki cobriu os lábios de Aoyama com os dela e sussurrou que o amava. "Eu também", respondeu ele, quando os lábios se separaram.

Assami Yamassaki ficou acenando até o táxi desaparecer de vista.

— Onde vocês se conheceram?

Kai havia preparado um saquê quente para Aoyama, que havia retornado sozinho ao restaurante, e o acompanhou bebendo saquê em um *gu'inomi*[6] de porcelana de Arita. Ele contou sobre a audição e sobre o tipo de vida que Assami Yamassaki teve quando menina, respondendo conforme Kai lhe perguntava. Ele próprio reconheceu que o seu jeito de falar parecia o de uma criança em estado de choque. Tudo por causa do beijo que recebera antes de a porta do táxi ser fechada. Os lábios de Assami Yamassaki eram macios e gelados e, no instante em que ele se afastou, foi tomado por um estranho sentimento de culpa que nunca havia sentido até então. Era uma sensação de que havia feito algo imperdoável e que não tinha mais volta. Era um tanto cruel, mas também era de uma doçura extraordinária. "Acho que eu daria tudo que eu tenho", pensou Aoyama, "só para poder sentir de novo o gosto daqueles lábios..."

Kai, que estava sentada diante de Aoyama, serviu-se de mais uma dose de saquê enquanto fumava um novo Peace sem filtro. Ela tinha um rosto bonito, mas depois de beijar Assami Yamassaki, Aoyama sentia que a única coisa que ele conseguia enxergar nela eram os traços da velhice.

— O que achou? — perguntou, pois Kai havia se calado. Ele não estava exatamente querendo saber a opinião dela; era mais uma tentativa de confirmar algo que ele já sabia. Ele queria que Kai admitisse que, hoje em dia, não se encontram mulheres como aquela em lugar algum.

— É uma menina estranha, não é? — disse Kai, soltando a fumaça do cigarro.

— Estranha?

— Nunca vi uma garota assim.

— Será que não é só uma geração diferente?

---

6 *Gu'inomi* significa "beber em um gole só" — *gu'i* (em um gole só) *nomi* (beber) — e é um recipiente pequeno, apenas um pouco maior que as tacinhas convencionais de saquê, conhecidas como *ochoko*.

— Também cheguei a pensar nisso, mas tem coisa que nunca vai mudar. O que essa pessoa considera realmente importante, por exemplo. Basta eu conversar um pouco para descobrir o que é. Os jovens de hoje, não importa se é homem ou mulher, profissional ou gente comum, geralmente podem ser divididos em duas categorias: os que não sabem o que é importante para eles e os que, apesar de saberem, não têm forças para protegê-lo. Mas o caso dela é diferente. Ela sabe exatamente o que é importante para ela, mas não revela isso para ninguém. Não é dinheiro, sucesso, uma vida modesta e feliz, um homem forte e nem algum deus esquisito... Tenho certeza de que não é nada disso. É como se, apesar de ser meio volúvel e enigmática, ela estivesse revelando tudo de si. Eu sinto que ela tem esse tipo de força. É uma garota difícil de compreender, não é?

— Mas é uma boa garota, não é? — perguntou Aoyama.

Kai fez uma expressão de surpresa e acendeu outro Peace.

— Você realmente acha isso?

A pergunta de Kai provocou um estranho sentimento em Aoyama. Um estranho sentimento de querer estar surpreso, mas não poder se surpreender. Como se, no fundo, ele sempre soubesse que Assami Yamassaki não era uma simples garota boazinha e que Kai agora estava apontando o fato de que ele se fez de cego esse tempo todo.

— Não acho que ela seja má, mas seja o que for, minhas intenções com ela são sérias — disse Aoyama, o que fez com que Kai esboçasse uma expressão preocupada e meneasse a cabeça negativamente.

— Não é só uma questão de ela ser boa ou má. Eu não tenho como julgá-la, mas, Ao-*san*, sei que o que vou dizer vai entrar por um ouvido e sair pelo outro porque você está apaixonado por ela, mas acho que o melhor a fazer é não se envolver mais com aquela garota. Ela só pode ser uma dessas coisas: ou ela é uma santa, ou ela é o demônio, ou alguém que consiga ser tanto santa como demônio."

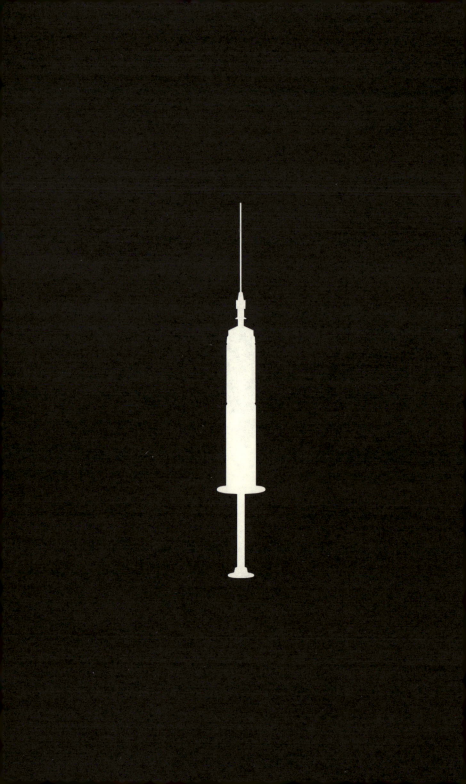

RYū MURAKAMI

9

Na manhã do dia seguinte, Assami Yamassaki telefonou para a empresa logo cedo. Era a primeira vez que ela tomava a iniciativa.

— Sou eu. Desculpe por ligar no trabalho.

Quem atendeu a ligação dela foi uma jovem funcionária chamada Takamatsu. A empresa era pequena e tinha ao todo catorze funcionários, que se dirigiam a ele como "sr. Aoyama", exceto Tanaka, um contador de cinquenta e poucos anos, que o chamava de "presidente".

— Sr. Aoyama, ligação da sra. Yamassaki no ramal quatro.

Aoyama sabia que, antes de transferir a ligação, a funcionária deve ter perguntado:

— Por gentileza, sra. Yamassaki de onde?

E ele ficou curioso em saber o que Assami Yamassaki respondeu. O escritório era pequeno e ele não tinha uma sala individual. Os funcionários podiam escutar a conversa, mas Aoyama não se importava com isso. Afinal, mais dia, menos dia, ele teria que anunciar aos funcionários que se casaria com uma mulher quase vinte anos mais nova do que ele e que era mais bonita do que muitas atrizes que andavam por aí. Aoyama sabia que isso seria motivo de brincadeiras por parte da turma, mas também sabia que, no fundo, todos ficariam felizes por ele.

— Estou te atrapalhando?

— De jeito nenhum. Estava pensando em te ligar.

— Queria te ligar logo, queria escutar a sua voz.

— É, eu também.

Takamatsu olhou de relance para ele sem parar de digitar nas teclas do computador. Takamatsu devia ter 25 anos. Após concluir a faculdade técnica, morou um ano em Londres e, ao retornar ao Japão, entrou numa emissora de TV regional, mas o que ela queria mesmo era fazer documentários realistas e, por isso, pediu demissão da emissora de sua terra natal e ingressou na empresa de Aoyama. Na entrevista, ela deu a impressão de ser presunçosa e, por isso, os antigos funcionários da empresa foram contra a sua contratação, mas Aoyama reconheceu o seu domínio de inglês e o seu entusiasmo. Takamatsu fazia as compras de programas de documentário do exterior e elaborava os projetos de programas que seriam produzidos em parceria com as produtoras estrangeiras. Enquanto havia muitos jovens que classificavam os projetos baseados em gostos pessoais, Takamatsu se destacava por fazer o seu trabalho com extrema calma e dedicação. Ela tinha um amante estrangeiro.

— Me perdoe por ontem. Acabei perdendo a compostura!

— Não precisa se desculpar. Eu é que não deveria ter abordado um assunto delicado como aquele, tão de repente.

— Sabe por que eu resolvi te telefonar?

— Acho que sim. Eu também queria muito escutar a sua voz.

O jeito de Assami Yamassaki conversar havia passado por uma mudança sutil. Ela continuava a falar educadamente, mas estava usando menos a linguagem honorífica polida e passou a falar com mais afeto, dando uma entoação doce à voz. "Acho que isso é consequência direta do beijo de ontem e porque, de certa forma, agora temos um grande segredo em comum", pensou Aoyama, que, naturalmente, acolheu com alegria esse jeito novo de Assami Yamassaki falar. O tom de voz com certa meiguice se enroscava nos nervos com força ainda maior e de modo mais sedutor, a ponto de ele precisar se segurar para que os músculos das bochechas não ficassem amolecidos.

— Eu acho que ainda não entendi direito, ou melhor, não consigo acreditar muito no que aconteceu.

— Aquilo que eu disse ontem à noite?

— Sim. Do que mais eu poderia estar falando?

— Foi tudo muito de repente, não é?

Após um breve silêncio, Assami Yamassaki retomou a conversa:

— Mas era verdade... Não era? — disse, com entonação séria e doce.

— O que eu disse ontem é tudo verdade. Tudo mesmo.

Aoyama se esqueceu de falar sobre Shiguehiko, mas isso não significava que estava mentindo. Ao escutar a voz de Assami Yamassaki, a vontade dele era de ir imediatamente ao encontro dela, mas só de pensar nisso os seus nervos bradaram agitados e as têmporas e a garganta ficaram em estado febril.

— Vamos nos ver de novo em breve? — indagou Assami Yamassaki, com a voz séria.

— É claro que sim — respondeu Aoyama. — Se eu pudesse, iria te ver agora mesmo.

Takamatsu estava olhando para ele. "Te ligo depois, está bem?" Disse e desligou o telefone. Takamatsu sorriu para ele. Aoyama pensou em pedir conselhos a Takamatsu, pois ele não sabia como deveria agir dali em diante. Tinha a questão do sexo, por exemplo. Seria o caso de comprovarem o sentimento que um tinha pelo outro somente por beijo e deixar para fazer o resto depois do casamento? Na noite anterior, Aoyama tinha feito uma pergunta indireta a Kai sobre esse assunto sutilmente e ela respondera da seguinte forma:

— Bom, eu não saberia te responder. Hoje em dia, cada uma pensa de um jeito diferente, ainda mais alguém como ela. A única coisa que posso dizer é que, quanto mais você se envolver com ela, mais obcecado vai ficar. Você precisa estar ciente de que não entende nada a respeito dela. Não me pergunte como fazer para entender, porque não tem como entender, e duvido muito que alguém consiga entender. Quer saber? Eu acho que aquela menina tem um lado meio antiquado. Se bem que o termo antiquado talvez não seja o mais apropriado. Quando eu estava na ativa, de vez em quando tinha umas garotas muito parecidas com ela no mundo das gueixas.[1] Talvez uma ou duas meninas desse tipo. Elas eram lindas, bem cotadas e o tipo de homem que as financiava também não era qualquer um. Eram de uma beleza singular, e a impressão era de que o que alimentava essa beleza eram a própria desgraça e a infelicidade alheia. Essas mulheres eram assim, pareciam ser capazes de arruinar quem estivesse por perto, mas era justamente isso que as tornava irresistíveis para os homens.

Aoyama convidou Takamatsu para almoçarem juntos. Ainda no escritório, reservou por telefone uma mesa no restaurante preferido dela em Tóquio. Era um restaurante de comida indiana que ficava em frente ao santuário Jingū. O restaurante não era muito grande, todas as oito mesas estavam ocupadas e havia uma fila de espera na entrada. Takamatsu parecia ser uma cliente habitual, pois a mesa reservada era do lado da janela que dava vista à floresta do santuário.

— Quer tomar uma cerveja? — perguntou Takamatsu. Aoyama concordou e pediram uma cerveja indiana com três flamingos no rótulo que Takamatsu bebeu no gargalo, sem usar o copo. Aoyama contou toda a história enquanto comiam frango e camarão assados no *tandoor*.[2] Contou desde o primeiro encontro até o beijo da noite anterior.

Quando Aoyama terminou de contar a história, Takamatsu perguntou:

— Caramba! Quando foi que ficou tão romântico?

— Romântico, eu?

— Isso mesmo.

— Eu virei um romântico?

— Típico romântico. Eu considerava você uma das poucas pessoas do Japão que conseguia fazer um documentário de qualidade.

— Qual é a relação entre documentário e vida amorosa?

---

1   Em japonês, *karyu-kai*. O termo é usado para representar toda a categoria de gueixas, que são artistas (gueixa significa, literalmente, pessoa da arte). As gueixas não são prostitutas, apesar de algumas terem o seu *dan'na* (patrono ou patrocinador), que é alguém bem rico que sustenta financeiramente uma gueixa específica, com quem pode ter ou não relação íntima. Há momentos na história em que as gueixas foram confundidas com as *yūjo* – cortesãs e meretrizes.

2   Forno de barro usado popularmente na Índia.

— Foi o senhor que me ensinou que não se deve inserir aspectos românticos no documentário. Às vezes não tem jeito e um pouco de romantismo pode mesmo acabar aparecendo no documentário, mas elementos românticos são muito ambíguos e por isso podem ser distrativos e perigosos.

— Eu disse isso?

— Claro que não foi de forma direta, mas acho que foi isso que aprendi. É óbvio que trabalho e vida pessoal são coisas diferentes. Eu também me considero uma pessoa romântica em essência, mas não se deve fechar os olhos para a realidade por causa do romantismo, não é?

Da janela do restaurante, viam-se as silhuetas das copas dos pés de plátano balançando ao sabor dos ventos. Ao ver de perto o rosto de Takamatsu, que comia berinjela e carne moída ao curry depois de terminar a porção de frango *tandoori*, Aoyama achou que compreendia o que Kai dissera na noite passada. Takamatsu tem um rosto comum. Ela era atraente por ser autoconfiante, cheia de energia e ter bom senso para escolher roupas e maquiagem. O rosto dela tinha proporções harmoniosas e ela podia ser considerada uma pessoa sexy, mas ela não era nada especial. Em comparação, o rosto e o físico de Assami Yamassaki causavam a impressão de ter uma fragilidade temerária, como se algo fosse ruir a qualquer momento ou fosse se inclinar de repente, perdendo o estado de equilíbrio, fazendo tudo se despedaçar. Era esse tipo de pressentimento que sempre tinha. Toda vez que ele estava com ela, sentia uma leve preocupação que fazia o coração bater mais acelerado e o deixava agitado.

— Será que estou fazendo vista grossa e deixando passar algo?

— Mas é óbvio que está!

— Mas eu admito que estou apaixonado por ela, isso eu tenho 120 por cento de certeza.

— E sexo? Está a fim de transar com ela?

Aoyama manteve-se em silêncio diante da pergunta. "É óbvio que quero transar com ela, mas tenho medo porque sinto que ela pode desaparecer no instante em que eu tocar nela. Ela com certeza vai rir de mim se eu responder com honestidade", pensou, e percebeu o que ser romântico realmente significava.

— Eu quero.

— Vá em frente então.

— Uhum — Aoyama concordou meneando a cabeça e ficou segurando a colher com curry de porco e ovo, em silêncio, sem levá-la à boca.

— Está com medo, não é? — indagou Takamatsu, com expressão séria. Assim que Aoyama concordou com um "uhum", ela começou a rir e Aoyama riu junto. Takamatsu novamente exclamou: — Caramba!

— Meu medo não é dar conta do recado, entende?

— Isso é lógico. Se aos quarenta e tantos anos não for bom de cama, é melhor morrer.

— Então, do que será que tenho medo? Será que eu tenho medo de que algo dê errado e ela me odeie por isso?

— Essa pergunta foi para você mesmo, certo?

— Sim. Afinal, estou tão apaixonado por ela que eu tenho medo de que algo se quebre, que dê errado, mas... não tem nada em específico que eu tenho que ter medo. Só estou com medo e ponto.

— É o espírito romântico.

— É, ter espírito romântico é ser autoindulgente e complacente. Eu posso tentar seduzi-la e levá-la para cama comigo usando uma dessas cantadas arrogantes que todo mundo usa e, se ela recusar, não tem problema, é só eu esperar até a gente se casar e fazer tudo direitinho. Bem simples, não?

Eles estavam comendo uma sobremesa feita de cenoura e leite quando Takamatsu perguntou:

— Aonde você iria para transar com ela? Algum hotel? Ou lá na sua casa em Suguinami?

— O que você acha de eu viajar com ela? — indagou Aoyama.

Takamatsu concordou dizendo: — Nada mal.

— Isso mesmo! Vamos trocar os computadores da empresa e resolvi tirar dois dias de folga por causa disso. Tem um hotel muito bom lá em Izu, a comida é maravilhosa e tem até umas termas. Se não tiver nenhum problema para você, Assami, podemos dar um pulo lá para conversar com calma. O que acha?

Aoyama ligou para Assami Yamassaki de um telefone público logo depois de voltar do almoço. Assim que a convidou para viajar com ele, Assami Yamassaki respondeu imediatamente, em tom animado, usando a voz de sempre: "Adoraria!". Aoyama ficou apreensivo ao dizer as palavras "hotel" e "termas", pois imaginou se não seria o mesmo que dizer: "Por que não transamos agora, antes de nos casarmos?". Não há uma regra padrão para se seguir na hora de seduzir uma mulher, mas se ela disser que não irá para cama com ele até que os procedimentos legais estejam finalizados, será que deveria considerar que ela não gosta tanto assim dele?

— Então, que tipo de roupa acha que é melhor levar para o hotel?

— Como assim, que tipo de roupa?

— É um hotel sofisticado, não é?

— É só um resort, por isso pode ir com roupa casual.

Aoyama desligou o telefone após informar o dia, a hora e o local de encontro, sem entrar no mérito de perguntar se deveria reservar um ou dois quartos. Antes de telefonar para ela, ele já havia reservado uma suíte júnior com duas camas de solteiro. Eles viajariam no sábado, dali a três dias, e o local de encontro seria a entrada do hotel de Akasaka, onde eles sempre se encontravam. Aoyama pensou que era óbvio que deveria contar a verdade para Shiguehiko.

— Só um pernoite?

Aoyama contou sobre a viagem para Shiguehiko naquele mesmo dia, durante o jantar. O filho não tinha nenhuma objeção, apenas expressou que queria tê-la conhecido pessoalmente antes disso.

— Ora, no domingo à noite já estaremos de volta.

— Isso daí não é a sua lua de mel, é?

— É claro que não. Eu queria ter certeza do que ela sente por mim antes de apresentá-la a você. Imagina o vexame que seria eu apresentar vocês dois e depois descobrir que ela não quer casar comigo.

— Essa história está muito estranha...

— O que foi?

— Você por acaso contou para ela que não temos tanto dinheiro assim? Contou que a casa em que a gente mora é alugada, que o carro que a gente tem não é nenhuma Mercedes, e sim um modelo nacional bem básico e que ela vai ter uma vida bem modesta?

— Não falei desse jeito, com tanto detalhe. Você está querendo dizer que ela só está comigo por interesse?

— Não é bem isso que estou falando. Sem contar que esse negócio de golpe do baú já saiu de moda. Se ela fosse assim tão fútil, acho que até você teria percebido, pai. Mas às vezes acontece de a pessoa imaginar que você seja cheio da grana, mesmo que seja só uma ideia bem vaga, não é? Eu acho que é importante deixar esse tipo de coisa bem clara.

— Tem razão. Vou me certificar de comentar sobre isso durante a viagem.

— Isso, acho melhor falar. Ainda mais porque você tem essa pinta de gente rica — concluiu. — Vou chamar os meus amigos para dormirem aqui em casa no sábado — disse Shiguehiko, mudando de assunto. — Pode deixar que eu conto para a Rie. Acho que ela também vai ficar surpresa...

O hotel, localizado a uma hora de distância a oeste da cidade de Itō, oferecia um famoso campo de golfe. Na primavera promovia-se uma grande competição de golfe e os quartos ficavam constantemente lotados desde verão até outono, mas durante o inverno o hotel ficava relativamente vazio.

Assami Yamassaki estava vestida de bege claro e vermelho, e aguardava Aoyama no saguão do hotel de Akasaka. Eles conversaram pouco durante a viagem. Só o ato de vestir uma roupa diferente para uma viagem super curta, colocar as bagagens no porta-malas, colocar os óculos escuros e pôr o pé na estrada já foi o suficiente para que uma velada atmosfera sensual pairasse no interior do carro. Havia um clima de tensão e desejo tão grande e visível que deixava os dois ainda mais conscientes da presença um do outro, e dava uma sensação ainda maior de isolamento do resto do mundo. Assami Yamassaki trouxe consigo uma garrafa térmica de café, da qual Aoyama tomou três copos durante o trajeto até chegar ao hotel, enquanto puxava vários assuntos sem importância, sem prestar atenção alguma na paisagem ao redor. Havia um pressentimento muito vívido dentro do carro de que poderiam conversar sobre assuntos importantes assim que ficassem a sós, de que o tempo que teriam para ficar a sós seria muito maior do que o normal e de que passariam a noite a sós.

Na hora de fazer o check-in, Aoyama lembrou-se de Shiguehiko e pensou: "Ele até que fala umas coisas bem inteligentes, apesar de ainda estar no colegial". Em vez de "apesar de ainda estar no colegial", talvez o correto fosse dizer: "porque está no colegial".

O hotel fora construído na ponta de um precipício, de onde se podia contemplar o mar de Izu. A construção feita ao estilo do sul da França com telhado alaranjado aparecia de repente depois de virar uma curva ao fim de uma estrada estreita e sinuosa. O layout dos canteiros de flores e da pista que se estendia desde a entrada até o alpendre, o atendimento do porteiro e dos demais funcionários do hotel, o hall com atmosfera sóbria, onde os sofás de couro estavam dispostos de forma ampla causaram uma forte impressão em Assami Yamassaki, que murmurou: "Que hotel lindo". Pensando bem, os bares, restaurantes e outros estabelecimentos que ele havia escolhido levá-la em seus encontros eram todos os melhores que ele conhecia.

— Mas às vezes acontece de a pessoa imaginar que você seja cheio da grana, mesmo que seja só uma ideia bem vaga, não é? Eu acho que é importante deixar esse tipo de coisa bem clara — Shiguehiko havia comentado.

Assami Yamassaki ficou de pé ao lado de Aoyama, observando o lustre de ferro contorcido de estilo espanhol pendurado no teto alto do hall enquanto ele preenchia o cadastro de entrada. Ele escreveu o nome dela como "Assami Aoyama" ao mesmo tempo que se perguntava se a empolgação que sentia pela expectativa dos bons momentos que passariam juntos não contradiziam, de certa forma, o seu desejo de construir uma nova família.

A suíte júnior tinha uma varanda pequena de onde era possível ver o mar e o campo de golfe.

— Bem, o que faremos até o jantar? — indagou Aoyama, com o corpo afundado no sofá. Ele precisava falar sobre muitas coisas, porém o assunto mais relevante a ser tratado era Shiguehiko. Mas isso ele poderia falar com calma durante o jantar. Passava um pouco das três da tarde. Em uma hora, começaria a escurecer. "É um horário que ou é cedo demais ou é tarde demais para se fazer qualquer coisa", pensou Aoyama. Assami Yamassaki sentou-se ao lado dele. Ela calçava um escarpim de couro vermelho, vestia calça comprida bege claro e blusa vermelha, tinha uma echarpe bege enrolada no pescoço, e os cabelos estavam amarrados para trás num penteado bem simples. As coxas deles se tocavam de leve. Assami Yamassaki ficou tirando e colocando os óculos escuros e, de vez em quando, parava para fitar o rosto de Aoyama.

— Tem um museu de artes que fica a uns vinte ou trinta minutos de carro daqui. Há muitas pinturas japonesas, mas também tem vários quadros impressionistas também. Se sairmos agora, acho que conseguimos chegar antes de fechar. O porto de pesca que fica atrás do hotel também é muito bom. Ele é bem pequeno e está um pouco decaído, mas tem alguns barcos de pesca de madeira e, bem perto dali, tem também uma cafeteria que serve um café maravilhoso.

Enquanto ele falava essas coisas, Assami Yamassaki colocou os óculos escuros sobre a mesa e soltou o cabelo. Quando as mechas sedosas caíram jeitosas sobre os ombros, como um movimento em câmera lenta, um perfume penetrou nas narinas de Aoyama. Um perfume que ele não conseguiu identificar. "Esse cheiro pode ser de xampu, algum produto de cabelo ou perfume", pensou Aoyama, "ou, talvez, não seja nenhum tipo de fragrância". Mas algo ali parecia ter se libertado, alcançado Aoyama e se espalhado por todo o quarto, que começava a escurecer. Algo denso e com uma força perceptível, que causou um calafrio em Aoyama.

— O dono da cafeteria é um cara meio diferentão e ele era lutador de boxe antigamente. Ele gosta muito de romances e filmes e, por isso, tem muitos livros e revistas sobre filmes na cafeteria. Passar o entardecer no porto também é uma boa.

Assami Yamassaki não estava prestando atenção em nada do que Aoyama falava. Ela tirou a echarpe do pescoço, dobrou-a delicadamente e a deixou no canto do sofá. O quarto estava com o aquecedor ligado e o suéter que vestia fazia com que sentisse o suor começando a brotar. Quando Assami Yamassaki tirou a echarpe, Aoyama sentiu novamente algo surgir ali, deixando a atmosfera ainda mais densa. Ele não sabia o que fazer. Assami Yamassaki se levantou, caminhou até a porta e apagou todas as luzes. Num instante, a semiescuridão do lado de fora invadiu e preencheu o interior do quarto. Ele pôde notar que aquele cheiro que os cabelos dela exalaram ao serem soltos se transformava de forma densa e pesada, como um vinho que se adocica durante a fermentação. Aoyama sentiu que estava sob controle de Assami Yamassaki.

"Por que você apagou a luz?" Aoyama queria perguntar, mas não conseguiu. Ele se sentia sufocado e continuou a falar coisas sem nexo.

— Já sei, acho que a melhor coisa para fazer agora é tomar um banho de águas termais. Aqui tem um balneário grande dentro dos vestiários do campo de golfe, mas mesmo quem não joga golfe pode entrar. O ofurô é bem grande e, se não me engano, tem também sauna e uma jacuzzi. O que você acha de relaxar no ofurô e depois jogar umas partidas de bilhar ou de tênis de mesa ou, quem sabe, beber uns coquetéis lá no bar?

Uma luz tênue incidia pela janela e iluminava apenas o pé do sofá. No quarto que já estava em penumbra, Assami Yamassaki ficou em pé entre as camas e começou a tirar a roupa. Braços e pescoço, ombros e costas, coxas e joelhos... cada parte foi sendo exposta e o rosto dela, que não estava muito visível, parecia tanto estar sorrindo como também parecia estar zangada. Ela ficou só de roupa íntima e entrou debaixo do lençol. Foi só então que Aoyama finalmente parou de tagarelar coisas sem sentido.

— Venha aqui, por favor — chamou Assami Yamassaki, da cama. Não era a voz de quem buscava afeto, a maneira como ela falava era séria, como se estivesse pedindo por socorro.

— Não tire a roupa ainda. Venha para cá, por favor, rápido.

Aoyama aproximou-se da cama, tentando resistir à dificuldade de respirar. Parecia que lhe faltava ar e que algo estava grudado em sua garganta. Assim que Aoyama parou ao lado da cama, Assami Yamassaki tirou o lençol que cobria o seu corpo.

— Olhe — disse, erguendo os olhos para Aoyama com uma expressão triste. — Essa cicatriz de queimadura é de um castigo que recebi do meu padrasto.

Assami Yamassaki apontou com o dedo para duas cicatrizes na coxa esquerda que deixavam a pele repuxada. Ela havia tirado a última peça de roupa que vestia e estava completamente nua. Aoyama engoliu em seco. Era verdade que havia uma marca de queimadura ali, mas a impressão que ele tinha naquele momento era de que não conseguia ver mais nada, de que não existia mais nada. Ele não sentia que havia o nu de uma mulher ali. De fato, estavam diante dele rosto e pescoço, seios e mamilos, umbigo e quadris e pelos pubianos e pernas com delicadas linhas de curvatura que pareciam mais um objeto de decoração curioso que ele nunca havia visto antes. Mas aquilo não era o nu feminino como se via em revistas masculinas. Ela era um conceito abstrato.

— Viu?

Aoyama acenou afirmativamente com a cabeça, igual a um robô.

— Viu tudo mesmo?

Aoyama confirmou com um "Ahã", e acenou de novo. Sua mente foi tomada por dois sentimentos conflitantes: um era a vontade de sair correndo dali imediatamente e o outro era o desejo de tocar naqueles seios perfeitos que tremiam levemente.

— Então venha aqui do meu lado. Espere! Não tire a roupa ainda. Venha aqui ficar do meu lado do jeito que está, de roupa e tudo. Vai? Por favor.

Aoyama fez conforme lhe foi dito. Deitou-se ao lado dela ainda com a roupa do corpo — suéter e calça —, sem tirar os sapatos, e deixou a cabeça dela repousar sobre o seu braço esquerdo.

— Ouça bem o que tenho a dizer, está bem?

Assami Yamassaki abraçou-o com força e, entrelaçando as pernas, sussurrou ao pé do ouvido:

— Você viu todo o meu corpo, não foi? Viu os meus pés?

Aoyama respondeu que sim, arfante. O coração de Aoyama sentia o volume dos seios dela sobre o seu suéter. A intensa palpitação do seu coração balançava sutilmente os seios de Assami Yamassaki.

— Estou falando dos dedos do pé. Você viu? Como eram?

As unhas estavam rachadas.

— Foi por causa do balé que ficaram daquele jeito.

Sei disso.

— Eu sou a única, não é?

Isso mesmo.

— Está entendendo? Eu sou a única que você pode amar, entendeu?

Eu sei.

— Todos dizem isso, mas você é diferente deles, não é? Somente eu, entendeu? Só eu, só eu. Se você amar somente a mim, faço de tudo por você, está entendendo?

Assami Yamassaki continuou a murmurar "só eu" enquanto tirava a roupa de Aoyama.

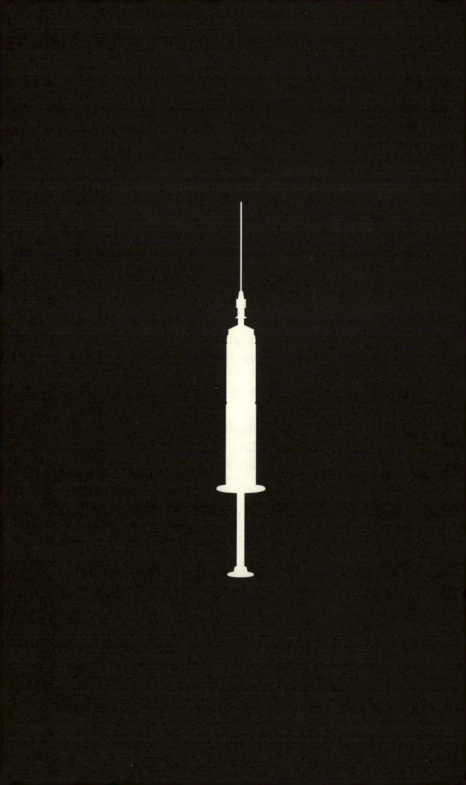

RYŪ MURAKAMI 10

Assami Yamassaki levantou o suéter de Aoyama e com seus dedos finos foi desabotoando um a um os botões da camisa dele. Aoyama observava inerte os botões se abrindo. O quarto estava ficando cada vez mais escuro, mas as unhas de Assami Yamassaki pintadas de cor-de-rosa refletiam a tênue luz do entardecer de inverno. Em algum momento, sem que percebesse, Aoyama havia se erguido. Os dois estavam sentados na cama, mas ele não conseguia notar os contornos do próprio corpo. O rosto dela, inclinado para baixo, estava diante de seus olhos. Havia algo ali que despertava uma memória nele, que se parecia com algo que ele não conseguia lembrar. As maçãs do rosto dela estavam levemente coradas. Quando ela se levantou lentamente da cama há pouco, seus seios, que até então tinham um formato não muito claros, tomaram tamanho e volume bem definidos que, junto com a cintura fina dela, formavam uma imagem tão perfeita que parecia irreal. Aoyama chegou a pensar que ela poderia ser uma obra de um escultor desconhecido, vindo de um mundo igualmente desconhecido, que conseguia se mover depois de ter adquirido maciez, umidade e calor.

O tempo parecia fluir bem mais rápido que o normal, mas, ao mesmo tempo, parecia estagnado. Assami Yamassaki tocou o peito de Aoyama através da abertura da camisa e explorou cada centímetro de sua pele com as pontas dos dedos, deixando-as tremer de forma graciosa e sincera, como um deficiente visual lendo uma carta importante escrita em braile. Tinha a sensação de que as pontas dos dedos de Assami Yamassaki deslizavam na pele como um bisturi prateado cortando o peito, ou que elas acariciavam delicadamente a superfície de um pulmão impregnado de células cancerígenas que provocam terríveis dores agudas. Aoyama não conseguia discernir os limites entre seu corpo e o mundo exterior. A única coisa que ele conseguia sentir eram as pontas dos dedos de Assami Yamassaki tocando sua pele e os estímulos com intensidade até então inimaginável que surgiam da área tocada. As pontas dos dedos de Assami Yamassaki eram como gelo, mas também eram como metal derretido e incandescente. Sem que se desse conta, Aoyama se viu de pé entre as duas camas, despido do suéter que vestia até então, e não fazia a menor ideia de como ou quando havia se levantado e se livrado da vestimenta. A camisa estava completamente desabotoada, expondo seu peito e barriga. Assami Yamassaki tirou o cinto dele e começou a abaixar lentamente o zíper da calça. "Parece que estão fazendo uma cirurgia em mim", pensou Aoyama. Ela estava sentada na beira da cama com as pernas fechadas. Uma estranha sensação acompanhada de vertigem o acometia: era como se a colcha de veludo verde envolvesse todo o quarto e, no centro dele, o corpo nu de Assami Yamassaki tivesse se tornado uma luminária de porcelana branca. Ele continuou incapaz de distinguir um corpo do outro e também incapaz de definir se os dedos de Assami Yamassaki estavam gelados ou quentes. Quando terminou de abaixar o zíper, Assami Yamassaki levantou o rosto repentinamente e Aoyama sentiu as têmporas pulsarem em sobressalto. Assami Yamassaki sorriu, mantendo o olhar fixo em Aoyama. Em seguida, ela estendeu a mão, pressionou as unhas cor-de-rosa contra o meio do peito de Aoyama e deslizou-as para baixo de uma só vez. Aoyama precisou conter a voz que estava prestes a escapar com todas as forças. Choro, gemido, suspiro, todos esses sons que eram considerados embaraçosos estavam presos na garganta e ameaçavam escapar por entre os lábios. "Por que eu não derrubo essa mulher e monto nela?", pensou Aoyama. Os braços dele estavam largados ao lado do corpo, inúteis e imóveis, e, vez ou outra, percebia-se alguns espasmos involuntários em resposta ao estímulo provocado pelos dedos de Assami Yamassaki. "Será que ela...", pensou Aoyama, "aprendeu essa técnica em algum lugar? Será que, hoje em dia, é normal que mulheres de vinte e quatro anos façam esse tipo de coisa? Ou será que o fato de ela ter um rosto e um corpo extraordinariamente bonitos me faz pensar que ela está fazendo algo excepcional?" Ela o fez tirar as calças e a cueca. As feições do rosto de Assami Yamassaki mudaram. Os lábios se abriram e uma língua pontuda surgiu entre eles. Parecia que um espinho cor-de-rosa havia se despontado no rosto. A ponta da língua se moveu do umbigo até as coxas de Aoyama e depois subiu novamente até o peito, e Assami Yamassaki, de joelhos sobre a colcha da cama, aproximou seu rosto no dele. Aoyama curvou-se levemente para frente e pressionou seus lábios contra a ponta dos lábios dela. Assami Yamassaki agarrou a mão esquerda de Aoyama enquanto fazia sua língua enrodilhar-se na dele e levou-a até seu seio. Aoyama fechou os olhos e se certificou de que, naquele momento, o que as pontas de seus dedos tocavam era uma mulher de carne e osso e não uma escultura perfeita de porcelana. Ele sussurrou bem baixinho para ela não escutar: "É uma mulher", e fez sua mão deslizar até além dos pelos pubianos. Assami Yamassaki estava molhada e quente lá embaixo e, ao ser tocada, emitiu uma voz metálica, como ele nunca havia ouvido antes. Uma voz sólida e grave, feito uma engrenagem enferrujada que começara a girar inesperadamente.

Aoyama dormia um sono leve e sonhou que uma pessoa desconhecida o torturava. Acordou com o próprio grito em uma cena em que seus olhos eram queimados com uma barra de ferro quente. Ele chegou a abrir os olhos, mas a luz era tão ofuscante que os fechou logo em seguida. "O que foi isso?", pensou. Ele tentou mover os lábios e murmurar uma pergunta para saber o que aconteceu, mas a mucosa de sua garganta estava tão lodosa que o impedia de falar. Todas as luzes do quarto estavam acesas. Mesmo de olhos fechados, ele conseguia perceber a claridade através das pálpebras, pois a parte interna delas estava coberta por uma coloração alaranjada e os nervos ópticos sentiam espasmos de dor. Ele não conseguia abrir os olhos, mas não era apenas por causa da dor e da claridade. Ele não tinha nenhuma força no corpo, principalmente as têmporas, que estavam dormentes. "O que será que aconteceu? Onde estou?", indagou para si mesmo. Finalmente se deu conta de que estava deitado na cama, nu. A mão direita estava na altura do quadril, e a esquerda, sobre o estômago. Seu corpo estava inteiramente entorpecido, mas ele sabia que estava nu. "Onde estou?"

A luz do teto e a luminária da mesa de cabeceira não lhe eram familiares. "Devo estar dormindo ainda e talvez isso seja um sonho", pensou ele. Mas as têmporas entorpecidas e a intensa dor no fundo dos olhos indicavam que aquilo não era um sonho. Ele se lembrou subitamente que o quarto em que estava era o quarto de hotel ao qual havia trazido uma mulher, e foi nesse mesmo instante em que sentiu o medo se apoderar dele. Ele estendeu a mão esquerda para tatear a cama, mas não havia ninguém ao seu lado. Ele abriu os olhos, apesar da dor que causava, mas quando a luz penetrou suas retinas com tudo, ele os cerrou novamente, por reflexo, agora consciente também da dor que sentia no coração. Ele resolveu abrir os olhos pouco a pouco, bem vagarosamente. Primeiro, ele aliviou a tensão dos olhos e das pálpebras e fez com que conseguisse enxergar alguma coisa por entre os cílios, mas lágrimas brotaram involuntariamente devido à dor, ofuscando seu campo de visão. Os cílios molhados tremelicavam. Ele percebeu que as batidas de seu coração estavam fracas e irregulares enquanto tentava abrir as pálpebras, mas, mesmo enfraquecido, seu coração começou a pulsar em ritmo acelerado quando se deu conta de um certo fato:

Ela não estava mais ali.

O quarto estava tão iluminado quanto uma loja de conveniência durante a madrugada e o silêncio reinava, sem nenhum sinal de presença humana. Aoyama estava nu. O pênis, encolhido e flácido, estava enroscado nos pelos pubianos encrespados e cobertos de sêmen seco. Não se ouvia o barulho do chuveiro. Aoyama chegou a cogitar a hipótese de ela ter ido ao bar sozinha para deixá-lo descansar, mas essa hipótese logo caiu por terra. A mala da Assami Yamassaki não estava mais lá. "Assami Yamassaki desapareceu e por que o meu corpo está tão pesado? Parece até que tomei anestesia". A mão direita dele tocou em algo duro. No canto da cama, nas dobras do lençol emaranhado, Aoyama encontrou o seu relógio de pulso. Passava um pouco das três. A data havia mudado. Preso na pulseira de metal dourado, havia um fio de cabelo de mulher.

"Não há dúvidas de que ela esteve neste quarto."

Foi o que Aoyama pensou ao pegar o fio de cabelo e enrolá-lo em volta do dedo. Dois fios de memória estavam começando a voltar. Um deles surgia como flashbacks de imagens vívidas e extremamente curtas. O rosto dela molhado de suor. A língua cor-de-rosa. Os fios de cabelo ensopados de suor grudando na testa e nas bochechas. Os bicos dos seios duros e intumescidos. E a fenda lubrificada de Assami Yamassaki, que brilhava, viscosa, e não parava de derramar uma secreção branca e leitosa ao receber o membro de Aoyama. Os sons também ressurgiam, acompanhando os flashbacks. Suspiros e gemidos. Gritos e sussurros. O segundo fio de memória foi surgindo gradativamente, em pedaços. Ele tinha uma vaga lembrança de ter falado sobre Shiguehiko. Será que foi antes ou durante o sexo? Será que foi antes de Assami Yamassaki ter o primeiro orgasmo? Ou foi depois dos inúmeros gemidos que soltou agarrando-se firmemente no corpo dele? Não sabia direito, mas tinha certeza de ter contado. Mas qual foi a reação dela? Não conseguia se lembrar. O que aconteceu? Ele também não se lembrava de como e onde ejaculou. Ele tocou no pênis. O sêmen dele e os fluidos dela estavam completamente secos. "Aquela lá pegou no meu pau, roçou nele com a mão e ficou falando não sei o que antes de colocar ele na boca. É, foi isso mesmo, ela ficou esfolando meu pinto com a mão direita, me arranhando de leve com a esquerda, me lambendo e me chupando. Isso foi antes ou depois que eu falei do Shiguehiko?" Ele virou de lado e, apoiando a palma da mão direita na colcha, tentou se levantar. A dor que sentiu nas têmporas e no peito foi tão intensa que desistiu imediatamente, virou-se de bruços e esperou a dor passar. Sua respiração estava irregular e seu batimento cardíaco ribombava acelerado. O seu torso parecia ter virado pedra por causa do peso e da falta de sensibilidade.

Ela fez alguma coisa com ele.

Quando Aoyama se deu conta de que o medo, a tristeza e a surpresa que sentiu ao perceber que Assami Yamassaki havia desaparecido eram maiores do que o medo que sentia por não saber de fato o que havia acontecido, ele notou a leve fragrância que se exalava da colcha de veludo. Era o cheiro dos cabelos de Assami Yamassaki. Um misto de cheiros de perfume, maquiagem, suor, secreção e cabelo tinha se impregnado no tecido verde cintilante e dominou os sentidos entorpecido de Aoyama, como se aquele odor fosse a única coisa existente no mundo. Lembranças do sexo com Assami Yamassaki surgiam aleatoriamente na sua mente em forma de flashbacks, mas essas cenas eram desprovidas de cheiro e sensação de toque, apenas intensificando a sensação de perda de não conseguir encontrá-la em lugar algum, não importa o quanto procurasse. Os intervalos entre os flashbacks foram diminuindo gradualmente e, por fim, duas imagens se tornaram predominantes: o rosto e a vagina de Assami Yamassaki. Toda vez que o pênis de Aoyama penetrava fundo nela, Assami Yamassaki retorcia o rosto, mas mesmo com a testa franzida, os olhos arregalados e a língua pendendo para fora da boca, seu rosto nunca ficava feio. O rosto de Assami Yamassaki era sempre belo. E, pela primeira vez, Aoyama percebeu que durante o sexo, independentemente da posição escolhida, era impossível olhar ao mesmo tempo para o rosto e para a vagina de uma mulher. Por isso, enquanto faziam sexo, Aoyama ficou mudando constantemente o ângulo de visão para poder contemplar alternadamente o rosto e a vagina de Assami Yamassaki. E essas cenas pipocavam na mente de Aoyama de modo cruelmente nu e cru. Nada neste mundo poderia ser considerado mais lascivo do que aquela vagina molhada que transbordava de fluidos que escorriam pelo sulco das nádegas até pingar na colcha aveludada. Às vezes, quando os gemidos dela se transformavam em gritos orgásticos, Aoyama tirava o pênis de dentro dela de propósito para prolongar o prazer e deixá-la ainda mais impaciente e, cada vez que ele fazia isso, Assami Yamassaki dava gritos que pareciam choramingos lamuriosos. A fenda dela revelava o seu interior cor-de-rosa escuro e o pequeno orifício permanecia aberto, deixando escorrer um fluido branco e leitoso que parecia mais com algum ser de classe inferior. Mas até nessa hora o rosto dela mantinha uma beleza irrepreensível, e a discrepância desse rosto com a vagina sedenta deixava Aoyama ainda mais excitado. Ele não fazia ideia de quanto tempo durou o sexo, mas lembrava-se de que chegou a pensar que nunca chegaria a um fim. Ele permaneceu ereto até que começou a sentir dor e parecer que a pele fina que cobria o seu pênis estava prestes a se rasgar. A entrada para os órgãos internos femininos era indicada por uma fenda cor-de-rosa escuro cercada pela carne das coxas alvas, e foi ali que Aoyama pôde desfrutar, infinita e eroticamente, uma felicidade intensa e cruel. Imagens do rosto e da vagina de Assami Yamassaki apareciam em intervalos curtos e intercalados na cabeça dele, ainda com os sentidos entorpecidos, e só de pensar no quão distantes dele aquele prazer e aquele tesão estavam, era uma dor maior do que ele conseguia suportar. Aoyama sentiu um calafrio percorrer a espinha, fazendo todos os pelos de seu corpo se arrepiarem, e do peito, surgiu uma vontade de chorar que se transformou em uma massa disforme como um vômito que subiu garganta acima. Ele mordeu os lábios com tudo, pois pressentiu que se chorasse naquele momento tudo estaria acabado, e foi nesse momento que, de repente, o telefone começou a tocar. Aoyama ergueu o rosto por reflexo e se arrastou até chegar ao fone.

— Sr. Aoyama? — Aoyama escutou a voz de um homem e perdeu as forças, desapontado. — Alô, é o sr. Aoyama?

Ele estava certo de que o telefonema era de Assami Yamassaki. Ele esperava escutar a voz dela de sempre dizendo: "Alô! Sou eu. Que bom que você está aí. Estava com receio de que tivesse saído...".

— Alô, é o sr. Aoyama? Aqui é da recepção.

— Sim — respondeu, com bastante esforço. A garganta estava gosmenta e a voz soou péssima. Teve a impressão de que estava falando com a boca e a garganta cheias de trapos.

Sim, é o Aoyama.

— Desculpe-me por incomodá-lo em seu descanso. É que nós tentamos telefonar várias vezes mais cedo, mas como ninguém atendeu, continuamos tentando apesar de estarmos cientes de ser um horário inconveniente. Como a sra. Aoyama foi embora, precisávamos confirmar a sua estada. Peço-lhe desculpas pelo transtorno.

Que horas?

— Acabou de passar das três e meia da manhã.

Não é isso. Quero saber que horas a minha esposa foi embora.

— Como?

É que eu estava passando mal, tomei um analgésico e devo ter caído no sono.

— Se não me engano, ela jantou sozinha e chamou um carro por volta das oito horas da noite, dizendo que surgiu um assunto urgente em Tóquio.

"Sim", confirmou Aoyama, enquanto aguentava as batidas irregulares e aceleradas do coração e a crescente ânsia de vômito.

A minha esposa teve que ir tratar de um assunto urgente.

— Se o senhor quiser que o médico do hotel o examine, podemos providenciá-lo.

Não, obrigado.

— O senhor pretende manter a reserva e fazer o check-out amanhã?

Acho que vou ficar melhor depois de dormir um pouco.

— Mais uma vez, desculpe-me pelo incômodo. Boa noite.

Quando Aoyama desligou o telefone, ele estava sentindo um mal-estar terrível e um suor frio brotava na testa e nas axilas. O suor escorria das têmporas, rolando pelas bochechas, chegando no queixo e pingando na colcha e no chão, mas a impressão que tinha era de que aquele suor não era dele. Ele não sentia que estava transpirando. Parecia simplesmente que a água vinha de algum lugar, escorria e atingia as suas bochechas. Ele passou a mão nas têmporas, limpou o suor e checou o próprio pulso. A pulsação estava irregular, bem fraca e lenta. Algo com gosto ácido vinha do estômago e tentava fazer o caminho reverso e subir pela garganta, e ele acabou se engasgando quando tentou conter o refluxo. "Remédio para dormir", pensou. Ele deve ter tomado uma dose cavalar de soporífero, o que o fez cair no sono, e só acordou porque seus nervos ficaram tensos. Chegou a pensar que talvez devesse vomitar, mas concluiu que isso não fazia sentido. A essa altura, o remédio já havia sido digerido e estaria circulando por suas veias e artérias até as extremidades mais recônditas do corpo.

Ela o havia dopado com remédio para dormir.

Assami Yamassaki foi várias vezes ao banheiro durante o sexo. Aoyama não achou estranho, pois sabia que a estimulação prolongada do clitóris provocava na mulher uma vontade de urinar. Ele havia bebido grandes goles da cerveja, do uísque e da Coca-Cola do frigobar. Ele também bebeu diretamente da boca de Assami Yamassaki. Ela colocava a bebida na boca e, montada nele, transferia a cerveja ou o uísque para a boca dele, enquanto mexia os quadris. "Mesmo que ela tivesse me dado ácido sulfúrico em vez de sonífero, eu não teria notado e continuaria apalpando a bunda branca, redonda e perfeita daquela mulher", pensou Aoyama.

Aoyama notou que sobre o aparador, ao lado do telefone, havia um bloco de anotações com algo escrito na folha de cima:

Não perdoo mentira
    Da mulher que perdeu o nome

A letra era feminina e infantil. "Mentira?" Aoyama se sentiu um tanto quanto aliviado ao ler o bilhete, pois achou que ela apenas tivesse entendido errado algo que ele falou. Aoyama imediatamente ligou para ela, mas ninguém atendeu. Ele desistiu depois de mais de dez tentativas frustradas, mas começou a se sentir bem melhor nesse meio-tempo.

"Como ela é uma pessoa pura e de temperamento forte, eu tenho certeza que ficou brava por causa de algum grande mal-entendido e resolveu ir embora, e aí, para não discutir comigo porque queria ir embora, me fez tomar o remédio que tinha trazido para ela mesma tomar. Acho que ela ficou com receio de ficar nervosa e entusiasmada demais nessa primeira viagem comigo e não conseguir dormir, por isso que trouxe esses remédios", imaginou Aoyama, criando a desculpa que melhor lhe convinha para justificar os atos de Assami Yamassaki.

"Eu vou ligar para ela amanhã à tarde e tudo vai ficar resolvido. Acho até que ela vai pedir desculpas. Vou deixar o despertador programado para tocar um pouco antes do check-out e dormir tranquilo essa noite..." Ele esticou o braço para alcançar a luminária que estava na mesa de cabeceira, apagou todas as luzes e, ainda nu, enfiou-se sob as cobertas. Com a escuridão, as ondas de sonolência se apoderaram dele e o arrastaram impiedosamente para o domínio do desconhecido. Pouco antes de cair no sono, na divisa entre o consciente e o inconsciente, ele viu uma imagem muito estranha.

Era um quarto pequeno e humilde em estilo japonês e nele havia um homem de meia-idade, vestido só de roupas de baixo, tomando uma bebida barata diante do *kotatsu*[1] que estava com o aquecedor desligado porque era verão. Ele segurava uma garrafa de uísque bem grande e da pior qualidade no colo e enchia o copo manchado com as impressões digitais de seus dedos gordurosos. E, fumando um cigarro, ele bebia o uísque

---

[1] Mesa baixa com aquecedor elétrico instalado sob o tampo. Durante o inverno, é usado com uma espécie de edredom que cobre as pernas das pessoas.

sem pressa. Esse homem não tinha os pés dos tornozelos para baixo, e das extremidades da ceroula se projetavam dois tocos cortados que pareciam pontas arredondadas de presunto. O homem grita alguma coisa e parece estar muito bêbado, mas o grito não é para chamar por alguém. O quarto é um dos cômodos de um apartamento antigo e a única coisa visível de sua pequena janela é a parede externa do prédio vizinho. Moscas se juntam em torno da luz fluorescente e uma delas cai no copo de uísque. Nessa hora, o homem fica furioso e começa a bradar coisas sem nexo. Ele não consegue se levantar e espantar as moscas porque não tem os pés.

No cômodo que fica ao lado do dele, separado por uma porta de correr com papel rasgado, existe um cômodo ainda menor e sem janelas. Nesse pequeno cômodo, uma garota descalça tenta calçar as sapatilhas de balé. As sapatilhas de couro estão bem gastas pelo uso e há partes descosturadas ou esfoladas e, o que antigamente era cor-de-rosa, agora tinha adquirido um tom acinzentado. A garota consegue calçar as sapatilhas e se levanta. Se não abrir um pouco a porta corrediça, o calor é insuportável. Em seu rosto já brotam gotas de suor. Ao abrir a porta corrediça, sente o cheiro do uísque e do cigarro. É o cheiro daquele homem. Sente também um odor semelhante ao de legumes apodrecendo.

Quando a porta corrediça se abre, a expressão do rosto do homem de meia-idade se altera perceptivelmente. Até então, seus olhos expressavam uma fúria ensandecida, mas de repente todo o seu rosto passa a demonstrar sinais de vergonha. Ele fica com a expressão de um criminoso condenado que implora por sua vida, larga o copo de uísque, perde a calma e começa a olhar agitadamente para todos os lados e, por fim, tenta espiar o cômodo ao lado pela fresta da porta. O vulto da garota passa diante da fresta escura, suas mãos pequeninas e esbeltas, seus peitos e quadris ainda sem volumes e suas pernas flexíveis e úmidas de suor.

A garota sabe que está sendo observada pelo homem, mas evita expor o corpo inteiro. O máximo que ela faz é passar rapidamente diante da fresta ou mostrar só um pouquinho seus braços e suas pernas através dela. O homem de meia-idade para por um instante para olhar suas pernas que parecem pontas de presunto e coloca a mão dentro da cueca. A garota treina alguns passos que podem ser praticados sobre o tatame, com a expressão facial que lhe ensinam na escola de balé, ou seja, com a cabeça inclinada num ângulo que realça a beleza de seu rosto. Ela sabe o que o homem está fazendo com a mão direita dele. Ele já gritou centenas de vezes que não queria ver a cara dela e bateu nela outras centenas de vezes para que ela ficasse em outro cômodo. Mas faz alguns meses que, sempre nesse mesmo horário, o homem tem mudado o modo que age e a expressão que tem no rosto. Não é que ele quisesse conversar com ela, mas sempre que começava a espiar o treino de balé da menina depois de ficar bêbado, o comportamento e a fisionomia dele mudavam, ele ficava com cara de quem estava prestes a chorar. Ela já tinha visto várias vezes o que aquele homem de meia-idade segurava com a mão direita. Quando ela sentia que o homem estava mexendo com a mão dentro da cueca, com cara de quem implora por perdão a uma entidade invisível, algo saía de dentro do corpo dela e alguma outra coisa entrava em seu lugar. E era esse algo que a garota jamais seria capaz de esquecer. Ela continua treinando os passos de balé no cômodo escuro até o homem parar de mexer a mão direita...

— Já não sei mais o que fazer. Ela não atende o telefone e só agora me dei conta de que não sei o endereço dela.

Duas semanas haviam se passado desde que voltara de Izu. Aoyama conseguiu dar um jeito de continuar trabalhando e de passar um tempo com Shiguehiko, mas a única pessoa com quem podia conversar sobre o assunto era Yoshikawa, para quem estava telefonando de um telefone público.

— Ela não atende?

— Não é isso. Quando eu ligo, ouço uma mensagem eletrônica que diz que esse número de telefone não existe. Logo que voltei de Izu, ainda chamava, mas, dois dias depois, não consegui mais completar a ligação.

— O que aconteceu em Izu?

— Aconteceu exatamente o que te contei agora há pouco.

— As pessoas normalmente não somem assim do nada por causa de uma coisa dessas.

— Eu acho que foi só um mal-entendido e, por isso, queria esclarecer as coisas o quanto antes, mas não consigo entrar em contato com ela.

Yoshikawa ficou em silêncio do outro lado da linha e, um tempo depois, disse com calma:

— Acho melhor você não se envolver mais com aquela lá.

Aoyama sentiu vontade de bater com o fone no vidro da cabine telefônica. Seu corpo começou a tremer de raiva e decepção por causa de Yoshikawa, como se já não bastasse estar com os nervos abalados por não conseguir se alimentar bem desde que Assami Yamassaki sumiu. Ele se arrependeu por ter ligado para Yoshikawa para pedir conselhos.

— Eu sei que não vai adiantar de nada falar isso para você agora, e parte da culpa também é minha, mas eu acho que você precisa se esquecer dela.

— Não é essa a questão. Eu só quero desfazer esse mal-entendido e estou te ligando para saber como faço para achá-la. Ela disse que morava em Nakameguro. Você tem o endereço dela, por acaso?

— Eu não te falei? Eu falei outro dia que o endereço que ela tinha colocado no currículo ficava em Suguinami, mas que o pessoal que mora lá agora não tem relação nenhuma com ela. Eu nem sabia dessa história de Nakameguro. Além disso, todos os currículos já foram destruídos. Ei! Está me ouvindo?

— Depois te ligo — disse Aoyama, e desligou o telefone.

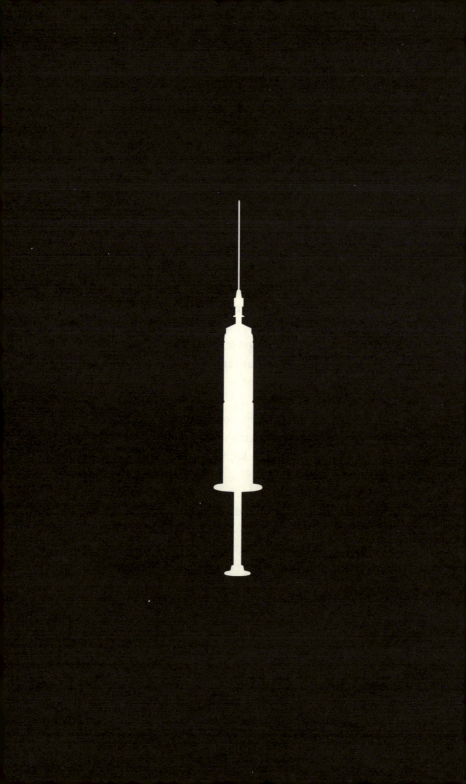

RYŪ MURAKAMI

11

O novo ano chegou sem nenhum contato por parte de Assami Yamassaki. Aoyama conseguiu continuar trabalhando e, na frente de Shiguehiko, ele se esforçava para tentar agir como sempre, mas não conseguiu esconder a exaustão que sentia.

Aoyama perdeu seis quilos em dois meses desde que voltou de Izu. Nem quando sua esposa Ryōko faleceu ele se viu incapaz de fazer a comida passar pela garganta, o que não significava que a morte dela não tivesse sido um golpe duro para ele, pois apesar de ter contraído um câncer ainda jovem, sua morte foi, por assim dizer, um processo lento e gradual. Ele foi capaz de aceitar a perda dela aos poucos, durante o tempo que passou ao seu lado, enquanto ela definhava visivelmente. Aoyama ainda se recorda da admiração e gratidão que sentiu por Ryōko, pois ele supunha que as pessoas que vão se enfraquecendo por causa de uma doença — principalmente o câncer — ou que sofrem até morrer também lutam contra a dor e o medo com o intuito de preparar aqueles que ficam para sentir uma resignação gentil diante da perda de um ente querido.

Assami Yamassaki havia simplesmente desaparecido. Ela sumiu do quarto do hotel em que estavam hospedados sem nenhum aviso ou sinal e, desde então, não se teve mais notícia dela. Não houve nenhuma briga ou um rompimento definitivo que justificasse o seu sumiço e Aoyama estava convencido de que tudo não passou de um mal-entendido e essa ideia fixa era um dos motivos para o atraso em sua recuperação. Durante esses dois meses, ele foi várias vezes até o bairro do Nakameguro e ficava perambulando pelas áreas próximas ao local em que Assami Yamassaki desceu do táxi após o segundo encontro deles. Ele não acreditava que conseguiria encontrá-la desse jeito, e tinha plena consciência de que sua obstinação era exagerada e talvez fosse melhor desistir, mas ele não tinha a mínima ideia de o que deveria fazer. A única conexão com Assami Yamassaki que lhe restava era o substantivo próprio chamado Nakameguro.

Mesmo depois que a única coisa que se ouvia de volta passou a ser a mensagem eletrônica automática que lhe dizia que "este número de telefone não existe", Aoyama continuou telefonando tantas outras centenas de vezes que até perdeu a conta. Cada vez que passava ao lado de uma cabine telefônica, ele repetia a chamada. A mensagem parou de ser tocada no início do ano novo, mas ainda assim Aoyama não parou de fazer ligações.

"Não perdoo mentira."

Ele continuou sem entender o significado da mensagem que Assami Yamassaki havia deixado. Ele só tinha boas lembranças dela, todas as memórias que construíram juntos eram doces, inclusive a noite de sexo que tiveram no hotel de Izu, e Aoyama se lembrava de cada detalhe de cada encontro que tiveram, desde o primeiro até a última vez que se viram. E foi assim que Aoyama descobriu a cruel relação entre as doces memórias e a sensação de perda.

Ele telefonou dezenas de vezes para Yoshikawa e encontrou-se com ele para jantar ou sair para beber. Também contou, sem pudor algum, tudo sobre o ocorrido a Takamatsu e aos demais funcionários da empresa, mas em vez de ter uma conversa normal, um diálogo em que houvesse um espaço para pedir conselhos, Aoyama passava o tempo falando em monólogo, fazendo confissões e se lamentando, até chegar num ponto em que nem Yoshikawa o levava mais a sério. "Você não acha estranho? Eu não fiz nada de errado e a gente estava se dando muito bem até então. Ela tinha um trauma meio incomum, mas ela era uma mulher forte que conseguiu superar isso praticando balé. Não tenho dúvidas de que se trata de um terrível mal-entendido que eu preciso esclarecer. É muito ridículo deixar isso acabar aqui..."

Shiguehiko, porém, era diferente. Shiguehiko lidou com o pai abatido de forma tão natural que deixou Aoyama impressionado pelo fato de um garoto de dezesseis anos ter tanto discernimento. Quando Rie, a empregada, ficava preocupada e insistia em perguntar sobre a saúde de Aoyama, Shiguehiko o defendia, dizendo que estava tudo bem e que era normal perder o apetite de vez em quando. E ele não perguntava nada sobre Assami Yamassaki. Aoyama também não contou nada a Shiguehiko. "Ele aprendeu como é sentir a perda de alguém com a morte da mãe", pensou Aoyama. Shiguehiko sabia que ficar falando sobre o assunto com alguém ou ficar choramingando não lhe daria sequer um alívio temporário e que, no fim das contas, era preciso aceitar o período de dor, vivendo normalmente, dia após dia, até se acostumar com o sentimento de perda.

"Ele tem só dezesseis anos, mas já é um excelente rapaz", pensou Aoyama, sentado sozinho no sofá da sala.

Era uma tarde de domingo, quase fevereiro. Shiguehiko tinha saído bem cedo para esquiar com os amigos da escola e pretendiam voltar no mesmo dia.

— É bem provável que eu chegue tarde porque o trem vai estar lotado na volta. Então não precisa me esperar acordado, está bem?

Mesmo depois de Aoyama ter emagrecido a olhos vistos, Shiguehiko não perdeu o costume de sair com os amigos, pois sabia que não devia dar tratamento especial a alguém que estava emocionalmente abalado.

Aoyama foi a pé até o supermercado que ficava próximo de sua casa e comprou tofu, iogurte e mel, além de ovas de salmão em conserva no *shôyu* e charutos de repolho prontos. Ele não tinha nem um pouco de apetite e qualquer alimento que ingeria parecia que tinha gosto de trapo sujo quando passava por sua boca e garganta, mas Aoyama começou a achar que, pelo bem de Shiguehiko, ele devia ao menos ter a vontade de se recuperar. Ele acreditava que, para isso, precisava ter um trabalho que lhe desse motivação e se alimentar bem. Ele não podia passar o resto da vida mostrando apenas o seu lado fraco para Shiguehiko.

Aoyama comia iogurte misturado com mel sentado no sofá da sala. Ele tinha dificuldade para engolir até um alimento com consistência mole como iogurte. "É como se fosse uma ferida", pensou Aoyama. Seu corpo não estava necessariamente rejeitando a comida, mas seus nervos estavam tão ocupados em trazer à tona as lembranças de Assami Yamassaki, desejando apenas reviver a sensação maravilhosa que sentiu durante os encontros e o sexo com ela que não encontravam nenhuma brecha para enviar sinais indicando que o corpo precisava de nutrientes. Imagens do corpo de Assami, dos seus seios nus, do seu sexo, do seu quadril, das pontas dos seus dedos e do seu rosto dominavam a mente de Aoyama a ponto de ele querer murmurar: "Pare com isso, por favor. Aquilo só aconteceu uma vez". Quando ele via uma foto de uma *top model* nua em alguma revista, seu sistema nervoso inteiro reclamava que nada disso se compara a *ela*. Era como se estivesse viciado em alguma droga, mas não no sentido metafórico. Assami Yamassaki havia propiciado a ele o mesmo tipo de componente químico presente em entorpecentes e estimulantes. Não havia nada que pudesse substituir isso e os nervos dele sabiam muito bem disso, muito melhor do que o próprio Aoyama. Os nervos são honestos e funcionam de forma estritamente fisiológica. Não adianta tentar persuadi-los.

Gang latia do lado de fora. Gang costumava latir muito porque era um beagle, uma raça que havia sido originalmente desenvolvida para ser cão de caça. Ele uivava no mesmo ritmo das sirenes das ambulâncias e dos carros de polícia e, naturalmente, latia para os pardais e corvos e chegava até a latir para os insetos que rastejavam no chão. Por sugestão de Shiguehiko, Aoyama até chegou a levá-lo para passear algumas vezes, mas Gang era um cão um tanto quanto inquieto, ou melhor dizendo, quando se interessava por um determinado cheiro, esquecia-se completamente do passeio e saía correndo, desesperado, na tentativa de seguir o rastro. Aoyama precisava sempre andar a passos rápidos para poder acompanhá-lo, o que invalidava o propósito de sair para um passeio, pois acabava sendo uma atividade nada relaxante.

Aoyama resolveu escutar música depois que terminou de comer o iogurte. Ele sentiu na pele que assistir à tv quando os nervos estão atordoados deixa as pessoas ainda mais irritadas, pois ela grita na sua cara que, não importa se você estiver se sentindo péssimo, o mundo continua funcionando normalmente. Aoyama começou a ouvir música clássica recentemente, por iniciativa própria, sem que ninguém tivesse recomendado. Ele ouvia desde densas sinfonias em escala menor até músicas mais alegres para o piano, indo desde o período de Bach até Debussy. A música clássica ajudava a passar o tempo. Um concerto para piano e orquestra de Mozart durava aproximadamente trinta minutos. Ouvir os concertos do número vinte ao número vinte e sete levam pelo menos quatro horas. É claro que, nem durante a interpretação de Barenboim ao piano, a imagem provocativa e doce de Assami Yamassaki desaparecia de sua mente, causando em Aoyama um sofrimento que, infelizmente, nem mesmo Mozart era capaz de anular. Mas as melodias e os arranjos eram muito belos, o que mantinham seus nervos livres de exaltação, então só o que ele tinha que fazer era ficar olhando o ponteiro dos segundos girar no mostrador do relógio, até que a noite chegasse e ele pudesse finalmente tomar uma dose de conhaque ou de uísque.

Aoyama se proibiu de beber álcool durante o dia. Mais ou menos duas semanas depois do desaparecimento de Assami Yamassaki, ele percebeu que o álcool não era uma boa alternativa para tentar curar o sentimento de perda que o acometia. O dano causado por um forte sentimento de culpa como aquele que sentia era igual ao de uma ferida, pois quando o corpo perde vitalidade, o sentimento de desprezo por si próprio acaba se somando à inquietação da espera pelo processo de cura. Em várias manhãs de ressaca, depois de uma noite mal dormida, Aoyama sentiu um ódio imenso de si mesmo ao se dar conta de que era um completo fracassado na vida.

Era por isso que agora, às duas da tarde de um domingo, ele bebia um chá de maçã da Fortnum & Mason acompanhando o iogurte. A música era uma coletânea de prelúdios de Verdi, a que estava tocando no momento era uma interpretação da Orquestra Filarmônica de Viena de *La Forza del Destino*, conduzida por Karajan. Dali a uns quarenta minutos, quando a música de Verdi chegasse ao fim, ele pretendia escutar um pouco de Wagner e, em seguida, as sonatas para violino e uma coletânea das últimas peças para quartetos de cordas de Mozart. Até lá, a noite já teria caído. Depois de um banho de ofurô, ele comeria tofu cozido e charuto de repolho acompanhados de uma cerveja. Mais tarde, depois do jantar, ele escutaria *Danças Húngaras* de Brahms e *Metamorphosen* de R. Strauss. Então, duas horas antes de ir para a cama, ele se permitiria tomar um conhaque ao som dos *Noturnos* de Chopin. Ele tinha várias versões deles — Ashkenazy, Rubinstein, Pollini, Horowitz —, e a cada noite ele fazia questão de ouvir um dos *Noturnos* antes de ir dormir. Era como se o piano lhe dissesse: "Pronto, o dia chegou ao fim, pode ir dormir agora".

Quando decidiu que escutaria pela primeira vez os *Noturnos* interpretados por Michelangeli naquela noite, Aoyama sentiu algo estranho no ar. Ele teve a impressão de sentir um leve cheiro do qual jamais se esquecera, ou de ouvir um breve zunido que normalmente passaria despercebido, ou de ver alguém passar de relance, pelo canto do olho, ou pode ser que todas essas coisas tenham acontecido ao mesmo tempo. Ele se levantou do sofá e olhou ao redor da sala. "Rie?", indagou.

Hoje era o dia de folga dela, mas talvez tivesse vindo preparar o jantar. Era uma possibilidade real, considerando que ela realmente se preocupava com a saúde de Aoyama.

— Rie? — Ele perguntou novamente. Não houve resposta.

Ele fungou o ar e olhou para a cozinha. Talvez algo estivesse queimando. Será que na hora em que ele se levantou para ir ao banheiro, acendeu o fogão para aquecer a panela com os charutos de repolho? Ele andava muito distraído ultimamente, então não seria estranho se ele tivesse se esquecido do fogo aceso. Ele conseguiu ver o fogão ao esticar o pescoço, mas a panela com os charutos de repolho não estava lá e, obviamente, as bocas não estavam acesas. O que foi que aconteceu? Aoyama diminuiu o volume da música com o controle remoto. O aparelho de som tocava agora *As vésperas sicilianas*. Ele notou uma mudança que havia ocorrido: Gang não estava latindo ou fazendo qualquer barulho. Gang era um cachorro que só ficava quieto quando estava dormindo; caso contrário, passava a maior parte do tempo latindo, e quando não estava latindo, ele não parava de se mexer e sempre acabava fazendo algum tipo de barulho — o da corrente raspando na quina da sua casinha, do rabo abanando, da pata traseira coçando o corpo, dos seus passinhos quando ficava indo e vindo —, mas Aoyama não escutava nada.

— Gang!

Aoyama tentou chamá-lo, mas notou que suas cordas vocais estavam estranhas. Ele tentou fazê-las vibrar, mas a voz não saía. Ele percebeu que o problema não eram as cordas vocais, mas sim a respiração, que estava anormal, uma constatação que o fez sentir uma súbita e forte apreensão. "Fica calmo", disse para si mesmo e tomou um gole do chá de maçã. Aoyama ficou em choque assim que colocou o chá na boca. Ele havia colocado duas colheres de açúcar para aumentar a quantidade de nutrientes que ingeria, mas ele não conseguia sentir o gosto de nada. Será que era algum problema com a língua dele? Ou será que alguém trocou a xícara que ele estava usando?

Era possível que Shiguehiko tivesse voltado mais cedo e estivesse de brincadeira. Talvez tenha ocorrido uma nevasca na estação de esqui, Shiguehiko tenha dado meia-volta na estação de Ueno e entrado sorrateiramente em casa para pregar peça nele. Sua vista escureceu por um instante e ele ouviu um som estranho. Era um som misterioso, do tipo que realmente fazia um arrepio correr pela espinha. Um som como se houvesse uma antiga porta secreta em algum lugar da casa — que nem os moradores sabiam que existia — e ela tivesse sido aberta de repente e fechada de volta. Sua vista escureceu novamente. A sensação era de que a voltagem do seu corpo estivesse caindo. Então, do canto da sala de estar, um canto escuro onde ficam a estante decorativa e o prendedor de cortina, veio uma voz bastante clara que deixou Aoyama tão assustado e aterrorizado que ele quase perdeu os sentidos.

— Você não pode mais se mover.

Quando a sombra atrás da cortina se moveu lentamente e Assami Yamassaki surgiu diante dele, Aoyama achou que estivesse tendo uma alucinação. Ele tentou dizer: "Há quanto tempo!", mas a boca estava dormente e a voz não saiu. Ele sentia o corpo todo paralisado.

— Pode dormir que te acordo daqui a pouco, tudo bem?

Assami Yamassaki se aproximou dele e apertou com força as bochechas de Aoyama com o polegar e o dedo indicador da sua mão esquerda. Ela usava luvas cirúrgicas de borracha em ambas as mãos. A boca de Aoyama se abriu, frouxa, e ficou assim por um tempo, deixando que a saliva começasse a se acumular e a escorrer pelo canto dos lábios. Os dedos de Assami Yamassaki afundaram na pele dele e o forçavam a manter a boca aberta, mas ele não sentia dor. O corpo de Aoyama estava completamente sem forças. Se Assami Yamassaki soltasse os dedos, ele desabaria no sofá. Ela segurava com a mão direita uma seringa de plástico extremamente fina, que fez questão de exibir para Aoyama.

— O seu corpo vai morrer, mas eu vou deixar os seus nervos bem despertos. Assim, a dor e o sofrimento que você vai sentir vão ser mil vezes piores. Por isso, vai dormir um pouco.

Assami Yamassaki espetou a agulha da seringa de plástico na base da língua de Aoyama.

Aoyama acabou adormecendo durante o curto período de tempo em que o líquido que havia na seringa levou para se espalhar por todo seu corpo, mas logo foi despertado por uma dor intensa. Uma dor insuportável no fundo dos olhos, como se uma agulha bem fina tivesse sido introduzida por trás do globo ocular e a ponta tivesse saído pelo outro lado, enroscando-se na pálpebra e forçando o olho a se abrir. As lágrimas não paravam de cair. Lágrimas essas que tinham um leve odor químico de remédio, mas ele obviamente não sabia que tipo de componente químico era. Aoyama estava largado no sofá com as pernas jogadas sobre a mesa de centro. Seu corpo não se movia. Apesar de não conseguir mexer sequer um dedo da mão, uma parte das sensações que tinha era extremamente vívida. Ele conseguia mexer ligeiramente a boca, conseguia sentir a própria língua de novo e seu olfato havia voltado. As lágrimas que não paravam de escorrer embaçavam a sua visão, mas ele conseguia enxergar bem, dava até a impressão de que seu campo de visão havia se ampliado, como se estivesse vendo tudo através de uma lente grande-angular. Toda vez que ele piscava, via o fundo do olho se encher de imagens parecidas com galhos de árvores ressequidas, que ele supôs que fossem ramificações dos vasos capilares existentes na retina. Os sons também estavam amplificados. A voz de Assami Yamassaki parecia um sino reverberando dentro de uma catedral. Toda vez que piscava os olhos, ele escutava um barulho semelhante ao estalido de um obturador de uma câmera fotográfica. A primeira coisa que sentiu quando notou que Assami Yamassaki talvez quisesse matá-lo, por mais estranho que pareça, não foi medo, mas uma estranha satisfação, como se finalmente tivesse conseguido terminar de montar um quebra-cabeça. Não houve nenhum mal-entendido. Ela só não conseguia perdoar ou aceitar a existência de Shiguehiko. Ela ainda não havia superado o trauma de crescer sendo espancada pelo padrasto, que a insultava dizendo para ela não aparecer na frente dele. Ela ainda carregava esse trauma e continuava vivendo com ele. A lógica dela era que todos os homens que a traíam ou mentiam para ela eram iguais ao seu padrasto e, portanto, todos eles deveriam ter os pés amputados para ficarem mais parecidos com ele. Tirando as horas em que trabalhava por meio período para poder pagar as despesas que tinha, ela dedicava todo seu tempo livre preparando o próximo plano. Ela ficava íntima de um homem e imediatamente começava os preparativos para cortar os pés dele, caso ele viesse a ficar igual ao seu padrasto. Durante a adolescência, esses planos ficavam apenas na sua imaginação e nunca chegaram a se tornar realidade, pois ela não tinha as ferramentas necessárias para executá-los. Foi assistindo a um programa de culinária na TV que ela descobriu um cortador: um fio de aço com um anel em cada extremidade para encaixar os dedos. O chef de cozinha usou essa lâmina em fio para cortar sem nenhum esforço um pernil de porco com osso e declarou que esse era o melhor instrumento para cortar carnes com osso e que, com ela, também era possível cortar salmão e atum em postas com extrema facilidade. Assami Yamassaki também pesquisou sobre medicamentos e descobriu como obtê-los. Clorpromazina, benzodiazepina, meprobamato, diazepam, medazepam, clorodiazepóxido, óxido nitroso, muscimol, TMA, psilocina, LSD. Assami Yamassaki revelou que já tinha vindo sondar a casa dele várias vezes e que até chegou a invadi-la antes. Ela escolheu um dia em que a empregada estaria de folga, aguardou Shiguehiko sair, entrou na casa enquanto Aoyama estava fora e, quando ele foi ao banheiro, injetou um relaxante muscular no iogurte com mel. Se ele não tivesse ido ao banheiro, ela se aproximaria dizendo: "Boa tarde!", e bastaria borrifar um spray entorpecente, mas, se nesse caso ele tivesse caído no chão, daria muito trabalho para ela colocá-lo sentado no sofá. Um homem adulto é pesado...

Assami Yamassaki saiu para o quintal e, quando ela voltou para dentro carregando Gang nos braços e jogou o cachorro completamente imóvel entre as pernas estendidas de Aoyama, ele finalmente sentiu medo pela primeira vez. Gang estava inconsciente. As patas dele não estavam rígidas, o que provavelmente queria dizer que não estava morto. Enquanto tirava os pelos de cachorro que haviam grudado em seu suéter preto, Assami Yamassaki foi até a entrada, onde havia deixado uma mochila para equipamento fotográfico, e tirou de dentro dela uma bolsa quadrada de couro que parecia muito com um estojo para guardar cordas de baixo elétrico. Ela abriu a bolsa pressionando os cantos para expandi-la e tirou de dentro dela um cordão enrolado parecido com fones de ouvido para Walkman. Era um fio metálico prateado com anéis do tamanho de uma moeda de quinhentos ienes em cada extremidade do fio. Ao colocar o dedo indicador em um dos anéis, o fio reluziu e se desenrolou, pendendo da mão dela em linha reta.

Assami Yamassaki enrolou o fio em uma das patas traseiras de Gang, segurou firmemente os dois anéis e olhou para Aoyama. Ela estava sem maquiagem, mas seu rosto era o mesmo de sempre. Não havia nada de diferente daquele rosto que um dia, disse: "...Verdade? Isso me deixa muito feliz, porque nunca tive com quem conversar abertamente. Posso mesmo aguardar a sua ligação?". Não era como se seus olhos estivessem revirados de loucura, seu cabelo estivesse em pé de raiva e seus lábios estivessem contorcidos num sorriso histérico. Não era como se tivesse havido uma mudança dentro de Assami Yamassaki.

Assami Yamassaki puxou os anéis em direções opostas, esticando o fio como se fosse um expansor peitoral e decepando a pata de Gang bem na junta entre os ossos. Ouviu-se o som desagradável dos estalidos dos ossos e ligamentos sendo rompidos, então os pelos brancos da barriga de Gang foram imediatamente tingidos de vermelho. Assami Yamassaki começou a enrolar o fio em volta da outra pata traseira de Gang. Aoyama tentou pedir para ela parar, mas a voz não saiu. O prelúdio de Verdi ainda não havia acabado e *Aida* tocava num volume baixo. "Pare com isso", ele tentou dizer, mexendo a boca sem emitir nenhum som.

— Hã? O quê? — indagou Assami Yamassaki, sem expressão no rosto.

"Faça isso comigo, não com o cachorro", Aoyama tentou murmurar, mas nesse momento pensou em Shiguehiko. "Se ela cortar o meu pé fora e o sangramento não for estancado direito, é bem provável que eu vou acabar morrendo e o Shiguehiko vai ficar sozinho no mundo. Ele é um bom menino. Não tem nenhum filho tão bom quanto ele. Eu não quero nem imaginar o sofrimento dele, eu não quero que ele fique triste. Ele nem fez nada..." E, pela primeira vez, Aoyama pensou que deveria enfrentá-la.

— Depois do cachorro, é a sua vez. Eu vou cortar o pescoço dele também, tá?

Assami Yamassaki enrolou o fio de aço em volta da outra pata de Gang e puxou-o novamente pelos anéis. O mesmo som desagradável se repetiu. Dessa vez, o sangue jorrou ainda mais intensamente e respingou no dorso da mão esquerda de Aoyama. "Será que tem algum jeito de fazê-la parar? Seria bom que alguém viesse, mas não adiantaria de nada se fosse o entregador da loja de bebidas aparecendo de supetão. Tem que ser alguém que desconfie que tem algo de estranho acontecendo aqui em casa e resolva vir dar uma olhada. Se eu conseguisse atirar uma das patas do Gang no jardim da frente, alguém poderia ver, achar estranho e ligar para cá. Não. Essas patas cortadas parecem ser alguma outra coisa. A pata do Gang nem parece ser pata de cachorro, na verdade se parece mais com um guarda--chuva quebrado que alguém resolveu jogar fora ou com uma bolsa num formato meio diferentão. Mas falando sério, acho que não tem ninguém que já tenha visto uma pata de cachorro cortada fora. E se eu começasse um incêndio? Se eu botar fogo na casa, vão chamar os bombeiros. Mas será que eu consigo me mexer? Se não conseguir, eu posso tentar rolar pelo chão, sair pela porta e fugir para o jardim, mas não tenho nenhum isqueiro ou fósforo aqui comigo e, mesmo que tivesse, não seria tão fácil assim atear fogo na casa toda. O prelúdio de *Aida* está quase terminando. A próxima música é *Baile de máscaras* e depois será *Aroldo*. E se eu aumentasse o volume?" Aoyama pegou o controle remoto do aparelho de som que estava jogado no sofá. Assami Yamassaki, que estava prestes a enrolar o fio no pescoço de Gang, lançou um olhar na direção de Aoyama. Ele manteve o botão de aumentar o volume apertado e, quando atingiu o volume máximo, apertou o botão LOCK e escondeu o controle remoto no vão que havia entre o encosto e o assento de molas do sofá. Os alto-falantes eram da Bose e, no volume máximo, faziam as cortinas balançar e as janelas tremer. Os amplificadores eram bastante potentes e, por isso, o som não chegava a estourar. Assami Yamassaki procurou o controle remoto no sofá, mas como o aparelho estava preso entre as molas, ela não conseguiria pegá-lo mesmo que arrancasse todas as almofadas. Certa vez, Shiguehiko estava ouvindo um CD do Mr. Children em alto volume e não demorou muito para que alguém telefonasse reclamando. Segundo Shiguehiko, a pessoa que ligou era uma velha que ameaçou chamar a polícia se ele não diminuísse o som imediatamente. Assami Yamassaki desistiu de pegar o controle remoto e foi até o rack do aparelho de som, ao lado da estante decorativa. Ela parecia estar dirigindo insultos na direção dele, mas Aoyama não tinha como escutar a voz dela com o som da orquestra filarmônica de Berlim tocando o prelúdio do *Baile de máscaras* no volume máximo, fazendo toda a sala vibrar. Assami Yamassaki tentou girar o botão de volume do amplificador, mas ele não se mexia porque estava bloqueado pelo controle remoto. A tomada estava atrás da estante grande e, mesmo que puxasse o fio, não conseguiria desplugá-la. Ela apertava insistentemente as teclas STOP e OPEN do aparelho de CD, mas, enquanto não desativasse a função LOCK, nenhuma ação teria efeito sem que usasse o controle remoto. "Tomara que aquela velha ligue para reclamar e resolva chamar a polícia porque ninguém atendeu o telefone", pensou Aoyama. A música de Verdi tocava no volume máximo e a atmosfera de irrealidade na sala de estar se intensificou ainda mais. Havia ali um beagle com dois membros decepados deitado numa posição esquisita, as duas patas que haviam sido cortadas dele, uma mulher de rosto bonito vestindo suéter preto e jeans grafite e andando de tênis de um lado para o outro da sala, um homem de meia-idade completamente paralisado recostado no sofá, e, na mesa de carvalho sobre a qual esse homem de meia-idade estava com as pernas apoiadas, havia se formado uma poça de sangue de cachorro que pingava no tapete. Aoyama percebeu que Gang estava abrindo seus olhos e soltou um grito. O grito não foi ouvido por causa das suas cordas vocais paralisadas e da música de Verdi que reverberava em volume máximo por toda a sala, mas o olhar do beagle sem as patas traseiras deixou Aoyama aterrorizado. Ele não sabia se era por causa da dor ou era algum efeito do remédio que lhe foi dado, mas o cachorro só abriu os olhos, sem tentar latir ou se mexer. Gang estava com o olhar de quem já aceitara a morte. Era o olhar de quem teve o último sopro de coragem que ainda lhe restava arrancado pela raiz. Até então, Aoyama nunca tinha visto — nem em gente nem em bicho — um olhar tão triste como aquele. Assami Yamassaki tirou uma faca da mochila para cortar o cabo de alimentação do amplificador...

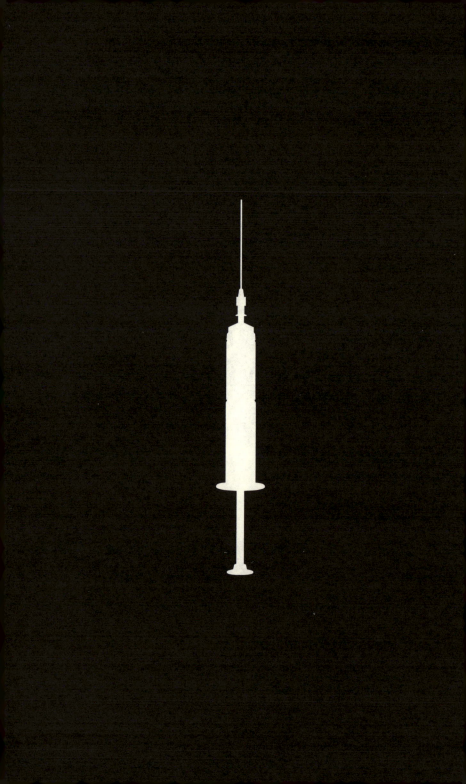

12

RYŪ MURAKAMI

A faca era pequena, daquelas dobráveis que podiam ser usadas para lixar as unhas. Não era uma faca de combate, de caça ou um canivete suíço. O cabo era cor-de-rosa e a lâmina, arredondada, sem ponta. Assami Yamassaki estava tentando cortar o cabo de alimentação, mas não havia nenhum sinal de pressa ou impaciência. A expressão do seu rosto manteve-se impassível desde o momento que surgiu na sala, mesmo quando cortou as patas de Gang. O amplificador, o CD *player* e o toca-fitas formavam um conjunto único e se encaixavam perfeitamente no rack do aparelho de som, que combinava com a estante decorativa, o que impossibilitava tirar somente o amplificador do rack, que também estava afixado com parafuso na parede para evitar que caísse em caso de terremoto e, portanto, não se podia derrubá-lo no chão. Assami Yamassaki tentou puxar o cabo por baixo do amplificador. Ela pegou um garfo que estava na mesa e tentou alcançar o cabo com ele. Se ela puxasse o cabo e o cortasse com a faca, a música pararia de tocar e, com isso, o pequeno ato de resistência de Aoyama chegaria ao fim. A mulher de suéter preto e o cachorro ensanguentado roubaram o caráter de realidade da sala onde a música de Verdi tocava em altíssimo som. O entardecer chegava mais cedo no inverno e já estava escuro do lado de fora da janela. Aoyama foi dominado pelo sentimento de conformidade de que, com o desenrolar da situação, ele estava fadado a morrer. "É cedo demais para partir, mas talvez a morte seja sempre assim", pensou. Isso possivelmente era uma defesa psicológica diante do medo de saber que, em breve, teria os pés cortados na altura do tornozelo. Depois de se conformar com a situação, só lhe restava aceitar tudo que estava por vir. Assami Yamassaki estava puxando o cabo com o garfo. A iluminação que entrava pela janela era fraca e por isso a luz da sala ficava sempre acesa, mas ela não chegava até o espaço debaixo do amplificador, que era estreito demais, fazendo com que Assami Yamassaki tivesse que usar o garfo para tatear no escuro. Aoyama notou que Gang estava morto e ficou estarrecido. Ele evitava olhar para o cão desde o momento em que Gang abriu os olhos e, com Verdi tocando no volume máximo, não percebeu que os seus gemidos e a sua respiração haviam parado. O cachorro havia acabado de morrer e seus olhos foram perdendo o brilho e o lustre, como um vidro que vai se embaçando, e uma língua comprida e cinzenta pendeu da boca aberta dele. Aoyama não sabia que a língua de um cachorro fosse tão comprida. Ele pensou que aquilo parecia mais um enorme parasita que habitava o corpo de Gang e agora estava se rastejando para fora à procura de outro hospedeiro. "Será que os humanos também ficam assim?", ponderou. Ele se lembrou de ter lido em algum lugar que prisioneiros executados por pena de morte apresentam vazamento de fezes e urina, e suas línguas distendem-se para fora da boca ficando penduradas e alongadas. "Eu também vou ficar assim logo depois de morrer. Eu também vou ficar com a língua de fora, com os olhos secos e opacos e alguém vai vir me examinar bem de perto". Aoyama imaginou a cena. Ele conseguia imaginá-la tão vívida e detalhadamente que nem ele mesmo podia acreditar. Não parecia o tipo de cena que existia apenas na sua imaginação, mas a sensação que tinha era de que ela tivesse aparecido bem diante de seus olhos e ele a estivesse assistindo de algum outro lugar, como um espectador. Ele observa o seu próprio corpo sem vida, com os pés decepados e a língua comprida distendida para fora da boca. Há muitos policiais presentes e um legista de jaleco branco está examinando os seus globos oculares — talvez seja possível calcular o horário da morte pelo grau de secura deles. Olhos que perderam o brilho e o lustre são iguais aos olhos de vidro colocados em tigres e ursos empalhados. Rie está chorando, cobrindo o rosto com a ponta do avental, enquanto Shiguehiko está atônito e estático. O filho está vendo os olhos sem brilho e a língua pendente de Aoyama. "Por que será que estou imaginando uma coisa dessas com tanta calma? O meu cérebro deve ter relaxado por causa dos remédios", pensou, e, de repente, começou a sentir um desconforto insuportável na boca do estômago. Não era um sintoma concreto como náusea, tontura ou dor, mas uma sensação de que algo havia explodido no vão entre os órgãos internos dele, provocando esse desconforto terrível e violento. Isso fez com que, em um curto espaço de tempo, o sangue dele voltasse a circular temporariamente, e as pernas de Aoyama, que até então estavam jogadas sobre a mesa, com o corpo de Gang no meio delas, começassem a dar pequenos espasmos. "Acho que os meus órgãos ficaram bravos por terem recebido comandos do meu cérebro e dos neurônios para aceitar a morte", pensou Aoyama. Os órgãos dele estavam demonstrando sinais de desconforto. Ele precisava fugir. Aoyama esforçou-se ao máximo para flexionar as suas pernas, mas era como se o canal responsável por transmitir as sensações do quadril para baixo tivesse sido cortado do cérebro. As mãos e os dedos se mexiam e, ao repetir o movimento de abrir e fechar as mãos, ele começou a recuperar a sensibilidade aos poucos. Também conseguia mover a cabeça. Ele se curvou para frente e, com a mão direita, pegou a esquerda, inclinou o pescoço para frente e mordeu a palma da mão. Sentiu uma dor leve. Assami Yamassaki olhou em sua direção. Ela parecia ter conseguido puxar o cabo de alimentação do amplificador. Aoyama continuou mordendo a palma da mão com força, mantendo um certo ritmo ao abrir e fechar a mandíbula. Aos poucos, ele começou a sentir o braço esquerdo de novo, e quando estava prestes a fazer o mesmo com a mão direita, ele ouviu um estalo bem alto, a música parou de tocar e todas as luzes se apagaram. O disjuntor havia caído porque quando o cabo foi cortado os fios de cobre expostos acabaram se tocando. Já estava bastante escuro do lado de fora da janela. A silhueta de Assami Yamassaki fundiu-se à escuridão e desapareceu, mas, pouco tempo depois, a voz dela pôde ser ouvida.

— Onde fica o disjuntor? — Ela estava bem próxima dele.

— Você já deve conseguir falar. Cadê? — Assami Yamassaki falava bem próximo de seu rosto. A escuridão só o deixava entrever os contornos do rosto dela, que não diferia em nada daquele rosto que ele havia acariciado e beijado dezenas de vezes. O rosto dela estava tão próximo que ele poderia tocá-lo se estendesse a mão e a impressão que tinha era de que, a qualquer momento, ela fecharia os olhos e lhe ofereceria um beijo. Aquele era o rosto da mulher cujas feições ele havia visualizado mentalmente por centenas, não, milhares de vezes, que, mesmo quando se contorcia de prazer, jamais ficava feio. Por um instante, Aoyama esqueceu o desconforto que sentia e a decisão que havia tomado de fugir, e estava admirando aquele perfil elegante quando, de repente, ela lhe deu um soco na cara. O soco não foi dado por impulso, não foi uma reação natural a emoções extremas, mas foi dado com serenidade, com a mão direita que ainda segurava o garfo, um ato que servia para que Assami Yamassaki pudesse reafirmar quem é que estava no controle da situação. Os dentes do garfo atingiram em cheio o canto do lábio de Aoyama, rasgando a pele e fazendo o sangue escorrer até a ponta do queixo. Aoyama instintivamente cobriu o rosto com as mãos, ante a dor tão intensa que parecia chegar até o osso.

— Disjuntor — Assami Yamassaki repetiu com o tom de voz desprovido de emoção. Ela falava de um jeito que demonstrava indiferença, como quem não teria nenhum escrúpulo de bater ou machucar alguém.

— Na cozinha — Aoyama respondeu em voz bem baixa. A voz ainda não saía direito.

Mais precisamente falando, o disjuntor ficava na parede da despensa, do lado da cozinha. Não seria uma tarefa nada fácil encontrar a porta da despensa no escuro, abri-la e localizar a caixa de distribuição que ficava no alto, atrás da máquina de lavar. Ele conseguiria ganhar bastante tempo enquanto isso e, com sorte, talvez conseguisse subir as escadas até o segundo andar, onde ficavam os quartos dele e de Shiguehiko. Além de poder ser trancado por dentro, o quarto de Shiguehiko também tinha um telefone. Antes de ir para a cozinha, Assami Yamassaki desferiu o garfo que segurava contra a perna de Aoyama, que retesou o corpo instintivamente, mas o verdadeiro alvo dela era Gang. O garfo o atingiu emitindo um som desagradável e fez um furo superficial no pescoço dele. Assami Yamassaki provavelmente não sabia que Gang estava morto. Beagles têm uma pele grossa e solta, por isso o garfo não ficou presa nela e logo escapou, caindo sobre a mesa. Assim que a figura de Assami Yamassaki desapareceu na cozinha, o rosto de Aoyama voltou a latejar. A dor que havia ficado dormente por causa do medo voltou com uma intensidade ainda maior. Ela cobria todo o lado esquerdo do rosto dele e era como se o dente tivesse sido arrancado sem anestesia. O sangue que escorria do lábio cortado entrava na boca e a sensação morna que ficava na língua acabou enfraquecendo o espírito combativo de Aoyama. Dava para ouvir os passos de Assami Yamassaki na cozinha.

Era o som das solas de borracha de seu tênis pisando no assoalho. Aoyama virou a cabeça para trás e viu a silhueta de Assami Yamassaki andando pela cozinha tateando o ar com as mãos estendidas. Ela andava bem devagar. Os movimentos eram cuidadosos, para evitar tocar e acabar quebrando alguma louça, copo ou vaso de flores por acidente. Primeiro, Aoyama levantou as pernas, uma de cada vez, com a ajuda das mãos, e deitou-se no sofá. Depois, apoiou as mãos no chão e se jogou para baixo, tomando cuidado para que Assami Yamassaki não o notasse. Como o sofá não era tão alto e o tapete tinha pelagem espessa, conseguiu evitar de fazer muito barulho. Ele se arrastou em direção à escada usando as mãos e os cotovelos. Sua respiração rapidamente ficou ofegante. A sala estava escura e terrivelmente silenciosa depois da queda de energia, pois o ar condicionado, o exaustor e o umidificador haviam parado de funcionar. Ele precisava tomar cuidado para que o som da sua respiração não fosse ouvido. Aoyama pressionou a boca contra o ombro e arrastou o corpo lentamente. Ele tinha conseguido usar um pouco a voz agora há pouco. E se experimentasse gritar? Podia escutar os sons que vinham das casas que ficavam em ambos os lados da dele, a TV ligada em uma e o piano sendo tocado em outra. Mas dificilmente alguém perceberia que tinha algo de errado acontecendo, mesmo que ele gritasse uma ou duas vezes a plenos pulmões, pois as casas também não estavam encostadas umas nas outras. Assami Yamassaki logo voltaria para a sala e inventaria de fazer mais alguma coisa, com aquela cara sem expressão. Ela era o tipo de mulher capaz de cravar um garfo no pescoço de um cachorro. Gritar não adiantaria de nada. O sol havia se posto completamente e a sala estava ainda mais escura, mas ele sabia onde ficava a escada, usando os pés da mesa como referência. Com o ar condicionado desligado, a sala estava esfriando gradativamente, mas o suor começava a brotar das axilas e da testa de Aoyama. Ele estava começando a recuperar a sensibilidade nas pontas dos pés e agora já conseguia chutar o tapete.

Ele havia finalmente chegado ao pé da escada quando ouviu um barulho na cozinha e uma luz azulada iluminou tudo. "Assami Yamassaki encontrou o disjuntor", pensou Aoyama, suando frio, mas a luz, na verdade, vinha da chama do fogão. Assami Yamassaki havia encontrado o fogão e tinha girado o botão de acendimento automático para conseguir enxergar no escuro. Agora era só uma questão de tempo até que ela encontrasse a porta da despensa. Aoyama começou a subir a escada. Os degraus eram feitos de grossas tábuas de madeira, encaixadas na parede em uma extremidade e, na outra, parafusadas a um tubo grosso de ferro atravessado diagonalmente do teto até o chão. Ele gostava do estilo aberto da escada sem corrimão, mas quando Shiguehiko começou a andar sozinho, por sugestão de Ryōko, instalou balaústres curtos e baixos trespassados por cordas de vinil que serviam de corrimão. Aoyama virou o corpo de lado e agarrou o balaústre com a mão direita, a corda de vinil com a esquerda e, dando impulso no degrau com as pontas dos pés, arrastou o corpo para cima, degrau por degrau. A cada degrau que conseguia subir, fazia uma pausa para recuperar o fôlego. Havia doze degraus ao todo, e o quarto de Shiguehiko ficava no topo da escada. A casa fora construída à moda antiga e a porta de madeira do quarto de Shiguehiko era robusta, então uma mulher não conseguiria quebrá-la, a não ser que usasse um machado ou martelo. Aoyama havia acabado de chegar no quinto degrau, esforçando-se para abafar a respiração ofegante, quando ouviu a porta da despensa abrir.

"Não entre em pânico!", disse para si mesmo. O cômodo da despensa era pequeno e escuro. A caixa do disjuntor ficava no alto e, pela estatura de Assami Yamassaki, mesmo que ela ficasse na ponta dos pés, não conseguiria alcançá-la. Ela precisaria encontrar algo no que subir. Quando ia do sexto ao sétimo degrau, Aoyama bateu a canela da perna esquerda na quina da escada, mas a dor não o incomodou tanto — talvez fosse a tensão e o desespero, e não o efeito do relaxante muscular injetado por Assami Yamassaki. As palmas de suas mãos suavam e começou a ficar difícil de segurar a corda de vinil. Ele limpou as mãos na calça e na camisa. Cada vez que escutava algum barulho vindo da cozinha, o corpo de Aoyama ficava todo arrepiado. A expressão facial de Assami Yamassaki era a mesma em qualquer circunstância: para aplicar a injeção na base da língua de Aoyama, para decepar as patas do beagle com o fio de aço, para cortar o cabo de alimentação do amplificador com a faca de cabo cor-de-rosa e para cravar o garfo no pescoço de um cachorro morto e imóvel. Era a primeira vez que Aoyama via uma pessoa capaz de dar um soco no rosto de outra, com garfo em punho, sem alterar minimamente a expressão do rosto.

Alguém que desfere um soco em outra pessoa de supetão está dominado por uma intensa fúria; quando as emoções fogem do controle, revelam-se para além da consciência e manifestam-se em forma de violência. É por isso que, coordenados com os músculos dos braços, ombros e pulmões, os músculos que moldam as expressões faciais também se alteram. Por outro lado, quando as emoções são reprimidas durante um ato de violência, o rosto acaba ficando inexpressivo e perde toda sua naturalidade. Assami Yamassaki havia cravado o garfo no pescoço de Gang com a mesma expressão de quando tirava o pelo do cachorro do suéter. Enquanto impulsionava o corpo do sétimo ao oitavo degrau, Aoyama se lembrou do que ela havia lhe contado. "Meu padrasto foi de cadeira de rodas no funeral do meu pai. Acho que eu tinha uns cinco anos, pois estava na turma mais velha do pré. Nessa idade, uma criança não entende muito bem o que a morte do pai significa, não é? Na hora que o monge estava entoando a sutra, uma abelha entrou na sala e achei tão engraçado que ele tentava espantá-la enquanto continuava entoando a sutra que comecei a rir e, durante um tempo, fiquei rindo com a cabeça abaixada e, por isso, parece que as pessoas acharam que eu tinha enlouquecido. Na primeira vez que levei uma surra do meu padrasto, ele falou sobre isso. Ele me deu uma bronca: 'Onde já se viu dar risada numa hora daquelas. Isso não é coisa de gente', e continuou me batendo sem parar..." Aoyama colocou a mão no balaústre do décimo degrau e impulsionou o corpo para cima com a ajuda dos pés e dos joelhos. Faltavam apenas dois degraus para chegar no topo da escada. Ele sentia que os braços e os ombros estavam ficando exaustos, mas, aos poucos, a sensibilidade da cintura para baixo foi voltando e o sangue estava circulando de novo. Aoyama segurou o balaústre do décimo primeiro degrau com a mão direita e a corda de vinil com a esquerda. Ele conseguia ver a porta de cor creme do quarto de Shiguehiko aparecendo indistintamente na escuridão. Havia um tempo que não se ouvia mais nenhum barulho vindo da cozinha. Quando Aoyama achou que estaria salvo, escutou a risada de Assami Yamassaki ao pé da escada. A risada grudou, gélida, nas costas e no pescoço de Aoyama, fazendo sua mão tremer a ponto de se ouvir o barulho da corda de vinil balançar.

— Era aí que você estava? Espera só um pouquinho que eu vou religar a energia e já volto. Não vai sair daí!

Aoyama entrou em pânico. Faltavam somente dois degraus para chegar ao andar de cima, mas seus pés e joelhos pisaram em falso, emitindo um barulho seco ao tentar se apoiar no degrau. Quando estava para agarrar o balaústre do décimo segundo degrau, o nervosismo era tanto que a mão direita escorregou e, por pouco, ele não rolou escada abaixo. O choque e o medo dominavam sua mente, deixando-o incapaz de pensar. Sentia os pelos do corpo totalmente arrepiados. Era como se tivesse sido jogado para dentro de um pesadelo.

Alguém veio se aproximando dele pelas costas, mas o seu corpo não se movia como ele queria. Os movimentos dos braços e das pernas estavam desordenados. Era como se estivesse nadando em um pântano.

— Então vou cortar os seus pés aí mesmo — disse Assami Yamassaki. A luz da casa toda se acendeu e a porta do quarto de Shiguehiko brilhou em tom creme. Ela pegou o fio metálico que estava próximo às patas de Gang e foi subindo as escadas lentamente. "Não!", disse Aoyama, com a voz trêmula. "Não", "Não", "Não", "Não". Aoyama não sabia se a sua voz estava audível ou não. Havia algo retesado nas têmporas e, quando Assami Yamassaki tocou o seu pé, esse algo explodiu dentro dele, fazendo coexistir pesadelo e realidade.

— Vira um pouco mais para cá. Vai querer se ver perdendo o pé ou não?

Assami Yamassaki enrolou o fio metálico prateado no tornozelo esquerdo de Aoyama e, fitando intensamente os olhos dele, puxou os anéis com tudo. O fio afundou na pele do tornozelo e, quando achou que ele tinha desaparecido, a parte do tornozelo para baixo se desprendeu da perna como num passe de mágica. Logo em seguida, ouviu-se o estalido do tendão de Aquiles sendo rompido. O pé amputado de Aoyama caiu no degrau de madeira e inicialmente podia se ver o osso branco no local do corte, mas, em segundos, ele se tingiu todo de vermelho com o sangue que transbordava.

— Olha! — Assami Yamassaki apontou para o pé amputado e sacudiu o outro pé de Aoyama. — Parece uma anêmona, não acha?

A perna esquerda sem a sua extremidade parecia um cano expelindo resíduos líquidos. O sangue jorrava em golfadas audíveis e escorriam escada abaixo até o tapete da sala. Aoyama observava a cena atônito e, de repente, sentiu uma dor insuportável. Era como se a dor tivesse grudado em todo o seu corpo. Mesmo por cima da camisa, ele conseguia sentir as batidas frenéticas do coração. No instante seguinte, aconteceu algo inusitado. A dor e o choque quase o fizeram desmaiar e, quando ele balançou violentamente a cabeça para resistir e se manter acordado, sentiu uma serenidade inexplicável inundando a sua consciência, e ele recebeu um comando: "Chuta!". Assami Yamassaki estava agachada no oitavo degrau e estava prestes a enrolar o fio de aço na perna direita de Aoyama.

Aoyama firmou o pé direito como alavanca, contraiu os músculos abdominais, ergueu a perna esquerda e, assim que ela dirigiu o olhar para cima para ver o que estava acontecendo, golpeou a testa dela com a ponta da perna que jorrava sangue. O chute acertou de forma lamentavelmente fraca, mas o sangue que esguichou no rosto de Assami Yamassaki fez com que ela se desequilibrasse. Ela soltou os anéis do fio metálico e tentou desesperadamente segurar a corda de vinil da balaustrada.

Aoyama desferiu outro chute contra o rosto dela com a perna esquerda. Dessa vez, o chute a acertou com mais força. A perna esquerda sem pé atingiu o olho de Assami Yamassaki, fazendo um barulho desagradável. Assami Yamassaki perdeu o equilíbrio de vez e, girando o corpo no ar, ficou de lado e despencou. Com os olhos cobertos de sangue, ela não conseguiu proteger a cabeça ou o rosto. Assami Yamassaki acabou caindo em uma posição estranha, provocando um som abafado que foi sucedido pela cena de suas pernas erguendo-se no ar por impulso e fazendo-a dar uma cambalhota de costas, que terminou com ela batendo o quadril na parede e ficando imóvel. O pé esquerdo de Aoyama, que também havia rolado escada abaixo, estava caído ao lado dela. Aoyama não tinha tempo de verificar a condição de Assami Yamassaki, pois o estado de choque estava se intensificando devido à hemorragia na perna esquerda. Assami Yamassaki mexeu ligeiramente o ombro direito e tentou levantar a cabeça, que logo pendeu de novo. Aoyama cuidadosamente enrolou o braço esquerdo com a corda do balaústre e firmou o corpo para poder se sentar no nono degrau. A tremedeira do corpo se intensificou. Seus dentes não paravam de bater. Ele abriu os botões das mangas com muita dificuldade e, com as duas mãos, rasgou a camisa em dois pedaços. Ele arrancou as mangas, dobrou uma das partes da camisa ao meio e colocou-a sobre o tornozelo amputado. O tecido rapidamente encharcou-se de sangue e ficou pesado. Em seguida, colocou a outra parte da camisa sobre o retalho que já estava encharcado, enrolou-a e usou as mangas para amarrar o curativo temporário. Enquanto ele estava tirando o cinto da calça, Assami Yamassaki tentava se levantar, apoiando as duas mãos no chão. Aoyama parou de puxar o cinto e pegou o fio metálico que ainda estava enrolado no seu tornozelo direito. Ele só percebeu o quanto aquilo era pesado quando colocou um dos anéis no dedo e deixou que o resto pendesse. Não havia nenhuma gota de sangue na lâmina em fio. Aoyama tirou o cinto e, arfante, enrolou-o na coxa, mas estava sem forças nas mãos e não conseguia apertá-lo direito. Ele passou a cinta pela fivela de metal, puxou-a com tudo e depois torceu várias vezes, fazendo-a enterrar-se fundo na carne da sua coxa. Assami Yamassaki tentou levantar o corpo, mas o seu braço direito pendeu flácido e, do jeito que estava, ela ergueu a cabeça para fitar Aoyama. Do cotovelo para baixo, o seu braço direito havia se envergado num ângulo estranho.

O rosto dela estava coberto de sangue, que não era do ferimento que sofreu durante a queda, mas sim do sangue que jorrou da perna de Aoyama. A julgar pelo jeito como caiu, ela não deve ter machucado o rosto. Ela havia batido o ombro no segundo degrau e a nuca no primeiro. Com o braço direito balançando, ela apoiou o peso do corpo no braço esquerdo, sentou-se sobre o tapete, limpou o rosto com a mão esquerda e apertou delicadamente a nuca. Aoyama mordia os lábios com força para não desmaiar. Assami Yamassaki olhou para ele e disse algo. Ele não conseguiu ouvi-la direito. Aoyama não conseguia se mover na escada.

Nesse exato momento, a campainha tocou. Assami Yamassaki foi se arrastando pelo tapete em direção à entrada e tirou alguma coisa pequena e cilíndrica do bolso traseiro da calça jeans. "Deve ser o spray entorpecente", pensou Aoyama, quando a porta da entrada se abriu.

— O que está fazendo? — era Shiguehiko.

Assami Yamassaki se levantou cambaleante e caminhou na direção de Shiguehiko com o spray entorpecente em mão, mas tropeçou na sua própria mochila e quase caiu.

— Foge, Shiguehiko! Foge! — gritou Aoyama. A voz era fraca e saía sufocada, mas chegou aos ouvidos de Shiguehiko. Ao ver o pai ensanguentado, uma mulher desconhecida vindo em sua direção e Gang morto sobre a mesa de centro, Shiguehiko perdeu a voz e ficou petrificado, segurando os esquis na mão.

— Foge! — Quando Aoyama gritou novamente, Shiguehiko jogou os esquis contra Assami Yamassaki e projetou seu corpo para dentro da casa, invertendo suas posições. Aoyama desejou que Assami Yamassaki continuasse andando até a porta e fugisse correndo dali. Mas não foi o que Assami Yamassaki fez. Ela se desviou dos esquis e, de costas para a porta, tentou correr atrás de Shiguehiko. Ela balbuciava algo ininteligível. Shiguehiko entrou na casa, olhou alternadamente para o corpo de Gang e o pai, então gritou para Assami Yamassaki:

— Quem é você, desgraçada?!

Assami Yamassaki perseguia Shiguehiko com o braço direito pendendo pelo cotovelo, mole.

— Mata ela! — gritou Aoyama. Ele próprio não conseguia acreditar que dissera aquilo, mas era exatamente o que estava gritando. — Mata, Shiguehiko! Mata! Mata ela!

Assami Yamassaki perseguia Shiguehiko, andando como se fosse uma sonâmbula e, vez ou outra, tentava borrifar o spray nele, mas seus passos cambaleantes faziam com que o jato do spray desviasse do alvo. A sala de estar ficou empesteada com o forte odor do spray entorpecente. Assami Yamassaki continuava a balbuciar algo. Shiguehiko pegou o copo de iogurte que estava sobre a mesa e, dando a volta para não ser atingido pelo spray, arremessou-o quase à queima-roupa contra o rosto da Assami Yamassaki.

O copo de vidro atingiu o ponto entre os olhos de Assami Yamassaki, estilhaçou-se e deixou o rosto dela lambuzado de iogurte.

Um corte se abriu no intercílio de Assami Yamassaki e o sangue fresco jorrou, mesclando-se com o iogurte branco. Mesmo assim, Assami Yamassaki não parou de balbuciar palavras ininteligíveis. No momento em que o copo de iogurte quebrou no intercílio de Assami Yamassaki, Shiguehiko, não acostumado com violência, ficou estático por alguns instantes. Assami Yamassaki limpou o sangue e o iogurte do rosto com a manga da roupa e, de repente, esticou o braço esquerdo como se estivesse fazendo um sinal para chamar alguém e acionou o spray. Shiguehiko afastou-se, inclinando o corpo para trás, mas um pouco do produto acabou atingindo o lado esquerdo do seu rosto.

— Aaah, merda! Aaah — gritou Shiguehiko, pressionando a mão contra o rosto, e fugindo a passos incertos em direção à estante. Assami Yamassaki fez menção de segui-lo, mas, do nada, colocou a mão esquerda na cabeça e parou de andar, ao mesmo tempo que parou com os balbucios que repetia sem parar. Shiguehiko pegou a chave da estante, abriu as portas e pegou algumas das facas de combate que Aoyama comprara em Manila.

Ele empunhou uma delas, a faca grande com bainha de plástico resistente e, com a lâmina para baixo, desferiu-a no pescoço de Assami Yamassaki que estava de pé, imóvel, com a mão na cabeça. Os joelhos dela se dobraram sob seu peso e Assami Yamassaki desabou sobre o tapete.

Shiguehiko aproximou-se de Aoyama, ainda com a faca na mão.

— Quem diabos é essa mulher?

— Chama a polícia e a ambulância primeiro!

— Está bem.

Shiguehiko estava a caminho do telefone, quando Aoyama o interrompeu:

— Ei, Shiguehiko!

— O que foi?

— Ela estava balbuciando alguma coisa, não é?

— Estava.

— O que era?

— "Mentiroso! Mentiroso!". Ela repetia sem parar. Por quê? — Shiguehiko respondeu em tom seco, pressionando a mão contra o olho esquerdo atingido pelo spray.

— Nada. Esquece — disse Aoyama, balançando a cabeça, sem forças.

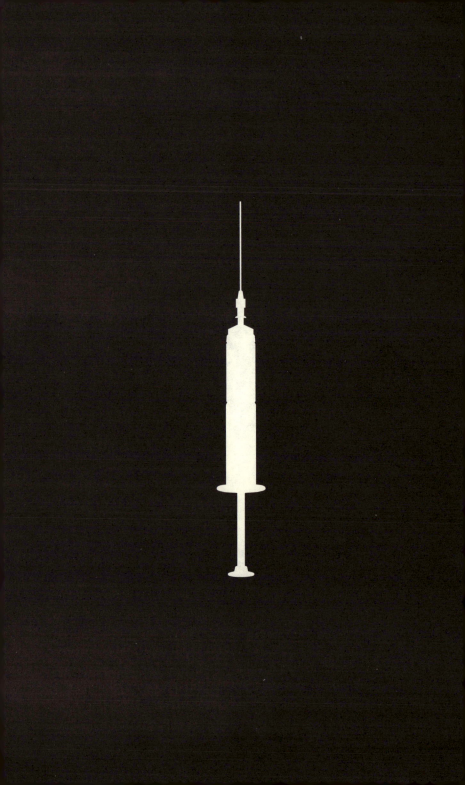

POSFÁCIO

A literatura japonesa tem várias obras com protagonistas mulheres que nos causam medo. No entanto, algo nelas é tido como gracioso. Alguns exemplos representativos são a história de Sada Abe[1] e a história da garota Oshichi, a filha do quitandeiro,[2] mas o que as tornaram graciosas é o fato de elas terem um amor excessivo em relação a um homem especial. Os *traumas* que essas mulheres tinham não são abordados como um problema.

A palavra *trauma* está se tornando menos comum, mas isso não significa que as pessoas que carregam um trauma tenham se libertado dele.

---

1   Sada Abe asfixiou seu amante e patrão Kichizo Ishida em 18 de maio de 1936 e, após cortar o seu pênis e testículos, guardou-os na bolsa até ser capturada dois dias depois. Ao ser presa, confessou: "Eu o amava demais e queria ele só para mim. Mas como não éramos marido e mulher, enquanto ele estivesse vivo, ele poderia ser abraçado por outras mulheres. Eu sabia que se eu o matasse nenhuma outra mulher poderia tocá-lo novamente, então o matei...". O tribunal condenou-a a apenas seis anos de prisão. Em 1971, após ter trabalhado em diversos bares e em um hotel, Abe desapareceu e até hoje seu paradeiro é um mistério. Essa história inspirou o clássico do cinema erótico *O Império dos Sentidos* (1976), de Nagisa Ōshima (1932-2013).

2   Em 1683, por ocasião de um grande incêndio, a família de um quitandeiro se abriga num templo budista. A filha do quitandeiro se apaixona pelo discípulo-pajem do templo e eles passam a ter um relacionamento amoroso. Um tempo depois, com a reconstrução da casa, a família deixa o templo, mas, para viver novamente perto dele, ela resolve atear fogo na casa recém-construída. O fogo é rapidamente apagado, porém descobre-se que o incêndio foi criminoso e ela é condenada e queimada na fogueira. Este é o enredo de uma das peças tradicionais do teatro japonês.

A mulher que se chama Assami Yamassaki, a protagonista deste romance, convive com um trauma que jamais foi curado. Ninguém pode salvá-la e a salvação é um conceito que ela não conhece. Entretanto, no Japão de hoje, mulheres como Assami Yamassaki não são, de forma alguma, raras.

Até hoje, eu nunca havia escrito uma história sobre uma mulher como Assami Yamassaki.

Elia Kazan, do filme *Vidas Amargas*, disse que "se não existir amor, os homens se tornarão violentos", mas podemos adaptar esta frase e dizer que "se não existir amor, os homens não poderão viver sem se tornarem violentos". E atualmente, neste país, desenrolam-se situações em que não seria nada estranho se toda a população ficasse em estado de *fúria*.

Em outras palavras, não podemos mais dizer, de modo algum, que Assami Yamassaki seja graciosa.

Esta obra foi publicada em série na revista *Penthouse Japan*. Sou eternamente grato aos editores responsáveis, Osamu Furusho e Osamu Kakutani. Yuka Yoshii, a ilustradora da capa da edição original do livro, é uma pessoa que faz retratos realmente maravilhosos que causam fortes impressões. Não conheço nenhuma outra pessoa que seja capaz de retratar de forma tão autêntica os jovens que vivem enfrentando a real solidão.

Meus sinceros agradecimentos a todos.

Nova York, 6 de maio de 1997.
RYŪ MURAKAMI

MURAKAMI RYŪ

RYŪ MURAKAMI nasceu em 1952 em Sasebo, Nagasaki. É um premiado romancista, contista, ensaísta e cineasta japonês. Publicou, entre outros, *Azul Quase Transparente*, *Miso Soup* e *Piercing*. Sua obra aborda a natureza humana a partir de temas como desilusão, uso de drogas, surrealismo e violência no sombrio Japão do pós-guerra.

"Every rose has its thorn
Though it's been a while now
I can still feel so much pain
Like a knife that cuts you the wound heals
But the scar, that scar remains"

— Poison —

DARKSIDEBOOKS.COM